U0071011

網頁書寫新文體

Alternative Web Textual Writing:
Effective Communication Across Borders

跨界交流「快譯通」

無國界漢語書寫
分析與實用指南

史宗玲 Chung-ling Shih 著

網路語言僅是一種載體及工具，
跨界溝通才是目的。
若是能以淺白、簡單、註記清楚的控制性漢語
來幫助線上機譯更正確，
就不必寫得太文言，
也不必弄得太複雜。

Language on the web is only a vehicle.

Communication across borders is the main goal.

Since plain, simple and clearly-marked controlled language allows the online

machine to create more understandable translations,

the web writing style does not have to be classical and complicated.

目錄

主編導讀

　　單一語言網頁文字，由機器轉譯成多國語言的時代來臨了！

　　智慧型手機的虛擬秘書，聽得懂不同國家的口語化指令，和使用者對話時，可直接完成多項工作的執行。

　　在無國界的網路世界，透過「機器翻譯」（Machine Translation, MT），一份網頁文本可以直接轉譯成不同語言，且語意正確度可在60％～90％，甚至有機會趨近 100％，大量節省了網頁內容製造的翻譯時間與成本，也加速網路內容的跨語言傳播。

如何寫，機器才看得懂？

　　舉例而言：線上機譯系統 Google Translate 已可支援七十二種語言的翻譯，其便捷、多語的功能，造福全球不少網頁讀者，然而，翻譯品質受限於系統本身語庫容量，以及各國語言的文法與文本內容性質的限制，常有譯文讓使用者不知所以，造成資訊未能充分傳達，甚至誤解的狀況。

　　其實，同一句話，換一種方式寫，意思不變，卻能讓讓網路線上翻譯機比較容易正確地以多國語言譯出語意。

　　這種為了讓網頁文字經「機譯」後可呈現最佳品質所刻意書寫的文字，稱為「控制性語言」（controlled language）。相對於「自然語

言」,「控制性語言」可稱爲爲機器翻譯量身訂作的「人工語言」,使用漢語書寫即爲「控制性漢語」;若使用英語書寫即爲「控制性英語」。

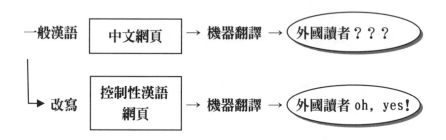

控制性語言的由來

最早爲了方便民眾閱讀商業文件,以及讓大量外來移民看懂、填寫政府官方文件,英美國家提倡簡易英語(plain English)。

之後,這項簡易英語被廣泛應用於翻譯產業,並演變成了「控制性英語」(controlled English/CE),方便機器翻譯系統將來源文本譯成多國語言。許多著名的公司如:美國司馬特通訊國際有限公司(Smart Communications, Inc.)、卡特匹勒有限公司(Caterpillar Company/重機械製造商)、美國波音航空公司等,還會應用機器翻譯系統來檢測產品說明書、使用者手冊等文件是否符合控制性英語的規範,自動提供字詞作爲參考,以符合 CE 的書寫標準。

不同網頁書寫文本應平行使用

　　善用網路科技將資訊傳播至國際，更需要考量多國語言轉換的溝通與應用的便利性，人工翻譯品質受限經費、時間成本，以及翻譯者個人的能力，自然不如機器翻譯的便利與低成本，而為了提高機器翻譯的效益，量身打造「控制性漢語」，讓其廣泛應用在資訊傳達的網頁文字上是必要的。

　　控制性網頁係針對西方讀者而設計，亦是為了方便透過 Google Translate 將其譯成多國語言，經過多次嘗試、實驗、驗證後將控制性漢語歸納出普遍的書寫原則，只要符合這些原則的應用方式，可以更貼近機譯的百分百翻譯效果。換言之，只要來源語文本符合機譯系統運作邏輯，則機譯譯文品質大為提升。

　　因此本書主張，網頁應平行使用一般自然漢語文本與控制性漢語文本模式，以顧及不同讀者群的需求；自然漢語書寫網頁文本專為國人/地方語言使用者服務，而控制性漢語書寫文本則為外籍人士使用，國際文化、資訊、經濟等交流，將更為便捷暢通。

閱讀重點

1. 自然漢語、機器翻譯、控制性漢語的語言因果關係與推演機制。
2. 控制性漢語的書寫原則與應用方法。
3. 節慶與民俗網頁文本範例，達到書寫通則、跨文化、跨國界交流示範引導。

4.逐步分析介紹公司網頁如何以控制性漢語書寫：範例「阿瘦皮鞋」、「中國石油公司」、「華碩電腦」、「圓山大飯店」等。

那些人需要學習與應用「控制性語言」？

1.為傳播文化、資訊交流、商業廣告給國際人士的【網站建置者】。
2.製作網頁的【網頁文字工作者】。
3.提供跨國界、跨文化知識，以供外籍讀者搜尋與閱讀的【資訊供應者】。
4.【翻譯人員】，瞭解機器翻譯趨勢與需求。
5.【語文教師】，教導網路通行的另一種語言書寫原則。

趨勢探索

‧機器翻譯、控制語言將成為網路上跨語言、跨國界傳播主要應用工具。

白象文化事業有限公司

徐錦淳、水邊

自序

　　今日，線上機譯系統 Google Translate 已可支援七十二種語言之翻譯，全球亦有爲數不少的人都有使用此一便捷工具處理線上資訊多語翻譯的經驗，唯令人遺憾的是，其品質（文法正確性及可讀性）目前仍未臻理想，筆者一再思考，如何於享受機譯系統便捷性之餘仍可兼顧其譯文品質。吾等皆知，機譯品質往往會因來源語與目標語語言特性差異而有所不同；其次，機譯品質亦會受機譯系統語料庫大小、翻譯文件類型和內容的影響，筆者多次嘗試、實驗、驗證後發現：只要來源語文本符合機譯系統運作邏輯，則機器譯文品質明顯大幅提升，此意謂只要控制來源語文本，將自然語言表述打碎成最基本核心的碎片—語言表述的最原始形式，就如語言學大師 Noam Chomsky（1969）所說的語言深層結構，而後再藉由機譯系統選擇合宜對應的碎片重新拼圖，以符合其運作邏輯，則譯文品質必能達到一定之水平，這種如拼圖般的書寫方式，即是筆者爲提升機譯品質配合機譯系統量身訂做的控制型語言，也稱之爲網路 e 語言。

　　或許有人認爲 e 語言是一種機械式、非自然的語言，無法與通用的語言相提並論，因而對之嗤之以鼻。的確，拼圖式的控制性語言書寫時會使用一些不自然的記號或符號，如：用以區隔不同語言單位的逗號及一些以英文書寫的專有名詞，但此拼圖式書寫方式主要是爲了方便機器翻譯系統運作，進而提高其譯文品質。閱讀這種拼圖式書寫或機器譯文時，不用太在意這些不自然的記號或符號，

此就有如我們觀賞一張拼圖，欣賞的重點應是拼圖的完整圖像和意象，而非去計較每張小拼圖間的接縫；不可諱言，一張拼圖當然不及一幅寫實油畫或水彩畫來得逼真寫實，但我們仍可透過拼圖了解圖畫所欲傳達的訊息。換句話說，當我們閱讀機器譯文時，雖然其表述不如人工譯文來得自然、生動，但我們仍可領略其欲傳達之文化資訊，此即是機譯系統輔助跨文化溝通之功能，網頁書寫新方式即是為了配合機器翻譯而量身訂作。

回想當年白話文運動初展開時，許多文人、學者無不大力抨擊，咸認為白話文是一種不淪不類的語言變種。語言是一種有機體，會隨著環境需求而有所演變，語言使用、學習也是一回生、二回熟、三回巧，隨著時光飛逝，曾幾何時，我們日常所見、所用大多已轉為白話文體，文言文反而鮮少再見。網路語言只不過是一種載體和工具，主要用來流通資訊和文化交流，而不是為了美學欣賞，因此我們大可不必精雕細琢，只要達成清楚傳達訊息之目的即可。若我們突破現狀，使用控制性漢語書寫網頁文本，以簡單淺白的文體配合線上機器翻譯系統處理，其多國語言的譯文品質必能隨著語體改變而大幅改進，如此，藉由控制性漢語書寫網頁文本與線上機譯系統攜手合作，我們當可藉此把「自我」（本地文化）推銷給「他者」（其他國家人民），幫助「他者」了解「自我」，消弭「他者」與「自我」間社會、文化的鴻溝，促使跨國溝通和跨界交流更為快速有效。

最後，要強調的是，筆者倡導控制性漢語書寫網頁，並非要大家因此而放棄自然語言書寫，就以我們日常見到的一般印刷物與出版品為例，因其功能、目的與讀者群方面皆與網路有所差異，故仍可使用自然語言書寫或進行人工翻譯，兩者各有各自的對象與目

的，彼此並不衝突，就有如繁體中文與簡體中文可同時並存一樣，控制性漢語與自然漢語亦可同時並存，不需相互排斥。

本書撰寫過程受到各方協助，首先要感謝國科會歷年來的贊助，及研究生兼任助理羅賓豪、呂宜樺、黃月狄、王于珊等人，協助筆者搜集相關資料及改寫控制性語言，同時，亦感謝大學生梁亦平的排版打字，本人先生楊雨亮為本書校稿，更要感謝白象文化的張輝潭總監願意出版本書，於此致上萬分謝意。

國立高雄第一科技大學
應用英語系暨口筆譯碩士班

史宗玲

第一章　網頁翻譯與科技應用

壹、前言

　　自電腦科技重大突破發展後，興起了一波的網際網路革命，愈來愈多人離不開電腦及網路，網路世界儼然成為一本百科全書，上至天文下至地理，凡是人類所欲查詢的知識或生活周遭所發生的大、小事件及訊息，全都披露公佈在網路上。教育單位、公民營機構及公司行號為了傳遞其組織設立宗旨、經營理念、行銷策略或運作方式等，無不紛紛設立網站，藉由網頁行銷方式以遂其目的，內容涵蓋各種服務資訊、產品內容及相關聯結網站等。各行各業人士，無論何種層級、族群、性別、膚色、年齡，皆可跳脫時空限制上網查詢所需資料。網站及網頁之所以吸引人乃是因為其內容設計遠較平面媒體印刷更具彈性、方便及自由，設計者可任意增添圖片，亦可隨時更新內容，甚而附加聲效，以多媒體方式呈現，更有便於讀者閱讀與了解。

　　但值得注意的是，資訊傳輸工具無論多麼進步、多元，我們仍需回歸到其根本載體—"語言"之議題。網路資訊溝通雖可藉由圖片、聲效等載體來"增加"其附加價值及溝通傳輸效果，但語言仍是傳輸資料的最主要媒介。提及語言載體，全世界共有六千種語言（Kruss 1992），為滿足全球化需求，愈來愈多網站與網頁不得不以

國際通用語言—英語呈現，故現今網頁通常以翻譯的雙語方式呈現：一為地方語言（來源語／source language），另一為國際通用之英語譯文（目標語／target language），翻譯儼然成了跨界、跨語言溝通之最佳解決方式。不過大家仍希望網頁內容可提供即時翻譯服務，如此一來，使用者可選擇其理解的語言去翻譯內容，如此當可增加網頁資訊傳輸的效益並擴大其服務範圍。

　　許多翻譯公司早已查覺網站即時翻譯的便利性、重要性及迫切性，所以紛紛提供線上免費翻譯服務，此即是所謂的機器翻譯（MT）。目前國內提供線上即時翻譯服務之機器翻譯工具包括：譯言堂（http://www.mytrans.com.tw/tchmytrans/）、Google Translate，大陸則有百度（http://fanyi.baidu.com/）、查查在線詞典（http://www.ichacha.net/fanyi.aspx）等。經過測試，中譯英品質仍以 Google Translate 最佳。例如：當我們將此句中文「人們相信假如結婚婦女吃豬肚，她們會容易地變成懷孕。該原因是一隻母豬能生出許多小豬」輸入 Google Translate，其英語機譯為 *People believe that if married women eat tripe, they could easily become pregnant. The reason is that a sow can give birth to a lot of pigs.* 然而當我們使用百度翻譯時，其譯文是 *People believe that if married women to eat tripe, they can easily become pregnant. The reason is a sow can produce many pigs*，此譯文中含有文法錯誤，主詞與動詞之間出現不定詞（to）；此外，語用錯誤是「生許多豬」直接譯成 "produce many pigs"。相較之下，Google Translate 的英譯 "give birth to a lot of pigs" 品質較好。Google Translate 亦於 2005 年在美國國家標準與科技局（National Institute of Standards and Technology）所舉辦的機器翻譯比賽中，獲得最高分。根據 Kanellos（2005）的看法，其勝出的優勢可能是來自於該公司透

過本身的強力搜尋引擎，網羅了龐大的翻譯資料來源，故 Google Translate 仍是目前最理想之中英機譯工具。

貳、機器翻譯與控制性語言

　　不同於 Google Translate，傳統的 MT 系統，如：Dr．Eye 或一般電子字典等，係採規則法之翻譯系統，先輸入千萬條文法規則或字典，經分析、轉介、替換程序後產出譯文，其譯句呆板、機械化，讀起來繞口不順暢，有些字詞翻譯也不符合原意。Google Translate 系統則有別於傳統的規則法機譯系統，主要是運用語料庫及統計學方法；其譯文之產出主要是仰賴其多語的平行語料庫，語料庫內容愈多元、豐富、儲量愈大，則完全比對句數頻率會比模糊比對句數頻率為高，譯文準確度及可理解度相對地也高。但就本人經驗，不論採行何種 MT 系統，只要輸入文本之句型簡單、詞意清楚，且未含有特殊的地方性詞彙，譯文品質均會有一定之水平。行文至此，吾等當可理解，翻譯科技雖可幫助我們解決線上語言溝通之障礙，但其功能仍有所侷限，故使用者端仍須採行一些配合措施，方能產出更大效益。就如同生病時，除了服用藥物外，仍需仰賴休息、改變生活作息或飲食習慣等，方能早日康復。

　　網路科技改變了我們資訊傳播及查詢資料的方式，相對的，翻譯科技亦要求我們必須調整現行語言表達方式或書寫格式來因應。雖然機器翻譯系統會不斷改進技術、不斷擴充其語料庫內容，但無論如何，絕對不會改變其一項處理原則，即：愈簡單的來源文本，

愈容易處理，其譯文品質愈好。所以，我們只需控制來源文本，將複雜的自然語言文本，改成簡單字彙、簡單句型、一般用語、精簡內容，則任何機譯系統勢必較容易將其譯成他國語言。此種為機譯量身訂製的控制性語言（controlled language）即是人工語言（artificial languge）或次語言（sublanguage），它不同於一般語言，它嚴禁使用多變化及複雜句型、冗長句子、不完整句構、稀有詞彙、地方文化用語、個人創造之用語及句法等，它簡易清晰之書寫方式，特別適合線上 Google Translate 系統譯成多語內容。由此可知，唯有改寫來源文本再配合科技工具之應用，雙管齊下，方能儘速解決眼前跨界/跨語言溝通之瓶頸與障礙。

英美國家早已提倡簡易英語（plain English），用以控制文本書寫。使用這種英語變體，以單一字詞代替片語及使用淺白易懂詞彙，原本是為了方便民眾閱讀商業文件和方便大量外來移民看懂、填寫政府官方文件。後來，此簡易英語進而被廣泛應用於翻譯產業，並衍變成了控制性英語（controlled English/CE），方便機器翻譯系統將來源文本譯成多國語言；其產出之譯文品質佳，可節省後機譯編輯的成本與時間。基本上，控制性英語編輯會隨著來源文本種類及領域之不同而有所修正，但大致上皆要求如下：1）避免使用一詞多義之詞彙；2）避免使用分詞、片語及代名詞；3）避免使用俚語或方言；4）避免使用關代子句及語意不完整的句子；5）盡量使用短句（Shih，2006）。許多公司如：美國司馬特通訊國際有限公司（Smart Communications，Inc.）使用 SMART MAXit 檢測系統，卡特匹勒有限公司（Caterpillar Company／重機械製造商）則使用 Caterpillar Technical English，而美國波音航空公司使用 Boeing Technical English 和 Boeing SE Checker 來檢查產品說明書、使用者手冊等文件是否符

合控制性英語的規範，若未符合，則會建議改寫，自動提供一些字詞作為參考（Torrejon & Rico，2002；Shih，2006）。

　　藉由控制性英語（CE）書寫或前機譯編輯的確會改善機譯文本的可理解性，但隨著譯入語不同，其可讀性、正確性亦會有所差別。Roturier（2004）曾評量 2 組例句之機譯品質；每組各有 177 例句，一組使用 CE 書寫，另一組則以自然語言書寫，比較兩組機器翻譯之品質，他發現使用 CE 機譯品質到達優質的數量是未使用 CE 的兩倍；另目標語為法語之翻譯，使用 CE 之機譯，優質的有 140 句，未使用 CE 則只有 47 句；德語翻譯使用 CE 之機譯，優質的有 78 句，未使用 CE 僅有 38 句；但日語機譯品質的差異幅度則較小，未使用 CE 之機譯，有 21 句達到優異品質，而使用 CE 則只略微上升至 43 句。此外，筆者專書《機器翻譯即時通，台灣籤詩嘛ㄟ通》（2011）中亦提及，她將編輯後之 260 首控制性漢語籤詩送入 MT 系統，發現英語機譯之語意清晰度、文法正確性可達 90％以上；而法語次之，為 85％，西班牙語則為 80％，德語則較不理想，正確性為 65-70％。由此可知，目標語對使用控制性語言機譯品質會有一定程度之影響。當譯出語與譯入語法差異較大或目標語語料庫較小時，則機譯品質較不理想。

參、多重書寫網頁文本

筆者早已在翻譯課堂、校外演講及國科會計畫中針對「以控制性語言來書寫網頁文本」議題有所著墨，實作成果亦公佈於筆者所任教大學的教學網站。筆者雖提倡控制性網頁書寫，但亦不忘保留來源語原先之詞彙、語法及語用特性，故提議多重網頁書寫模式。基本上，作為純閱讀或文字美學欣賞，網頁內容宜以自然語言書寫，但若做為線上機譯使用，則可考慮使用控制性語言書寫，以利大幅改進其多語機譯之品質。就控制性漢語而言，亦可細分成半控制性和全控制性漢語。半控制性漢語方便 MT 系統譯成英語，其語法特性只需模仿英語即可；全控制性漢語則為了配合、方便多語翻譯之需求，必須嚴格管制其表達方式，其基本原則包括：「一詞一涵義」（one word one meaning）、「一句一理念」（one sentence one idea）、「句子愈短愈好」（the shorter the better）、「用詞愈通用愈好」（the plainer the better）、「句子結構愈簡單愈好」（the simpler the better），文化用詞削減其特殊性並改成放諸四海皆準的通用詞彙。網頁內容之長短、繁簡，隨著翻譯語種多寡，必須簡化其內容稠密度並縮短文本長度，自然語言書寫之網頁往往不限長度和格式，故不適合機器翻譯。目前我們很難為各種語言去量身訂做不同的控制性網頁內容，只能先以英語及其它印歐語言為標準及考量。

一、新型網頁之介面介紹

　　筆者以建置完成之"多重書寫之台灣節慶網站"為例，分別說明非控制及控制性漢語網頁之目的與機譯效能之差異。首先，我們選擇某一節日，電腦介面會出現三種書寫版本，包括：非控制文本、半控制文本及全控制文本。並列文本新型網頁之介面如圖1所示。

　　「多重書寫」模型：網頁並列文本之機器翻譯及溝通效益評量

臺灣重要節日

(Important Festivals In Taiwan)

非控制性文本
<u>Non-controlled Text</u>
(Note: Suitable for human translation)

半控制性文本
<u>Semi-controlled Text</u>
(Note: Suitable for English translations created by Google MT)

全控制性文本
<u>Fully-controlled Text</u>
(Note: Suitable for Indo-European multilingual translations created by Google MT)
Note: The semantic and grammatical accuracy reaches 90% on average for English translation; 85% for French translation; 80% for Spanish and Italian translations; and 65-70% for German translation.

圖 1-1　並列文本新型網頁之介面（Shih 之教學網站）

　　以「延平郡王誕辰」（Koxinga's Birthday）為例說明。如果我們按下非控制性文本，電腦介面會立刻呈現一般漢語書寫的文本及其

人工英譯（見附件一）。其次，我們按下半控制性文本（見附件二），
即有英語機譯出現；若按下全控制性文本（見附件三），即有英、法、
西、德、意大利語機譯出現。分析與檢視這些人工與機器英譯後，
筆者整理出一些詞彙、文法、句構及語用的差異，茲分述如下。

二、自然漢語、控制性漢語之詞彙與其英譯之差異

　　目前線上臺灣大百科全書網頁係以自然漢語書寫，其詞彙常以
單音詞陳述，又夾雜一些古典詞彙，故只適合人工英譯，若使用機
器翻譯則需改成雙音詞與現代詞彙。表 1-1 列舉自然漢語、控制性
漢語之詞彙與英譯之差異。左欄是對比的語言項目，中間是自然漢
語網頁文本及其人工英文翻譯，右欄是控制性漢語網頁文本及其英
文機器翻譯。

表 1-1　詞彙差異:自然漢語/人工英譯 **vs.** 控制性漢語/機器英譯

	自然漢語及人工英譯	控制性漢語及機器英譯
單音詞 vs. 雙音詞	明末清初/ the end of the Ming dynasty and the beginning of the Qing dynasty	明朝末期和清朝初期/ The late Ming Dynasty and early Qing Dynasty
	抗清/ led a military fight against the Qing government	打仗對抗清政府/ fight against the Qing government

	原名/ original name	原本的名字/ original name
	賜姓/ bestowed the surname	被賜給一姓氏/ was given a surname
	封為/ be canonized … as	冊封為/ be canonized as
	人稱/ people called	人們稱他為/ people called him
	大興文教/ highly promoted culture and education	他推動了文化以及教育/ He promoted culture and education.
	祈雨/praying for rain	祈求了雨/ pray for the rain
	治水/ eliminate atural disasters	停止旱災/ stop the drought
古典 詞彙 vs. 現代 詞彙	助戰/ helping people to fight	帶領當地人民去打敗敵人/led the local people to defeat the enemy
	冠上/is called	被稱為/is called

單音節語意指涉不清楚，例如，「抗清」有可能是指「抵抗清理」或「抗拒清靜」或其它，所以 MT 系統無法依上下文作出正確判斷，

因此會翻譯錯誤。其次，古典詞彙與單音詞相似，是以文言文書寫，其壓縮訊息不易令人解讀，所以必須將其解釋清楚，才能提高機器譯文的正確性。以下就文法部份說明自然漢語網頁與控制性漢語網頁之差異。

三、自然漢語、控制性漢語之文法與英譯之差異

漢語是語意導向語言，但西方語言是文法導向語言，所以其文法有些差異，為使機器英譯語法正確，自然漢語必須加以調整。以下就所有格、不定冠詞、連接詞、不定詞、助動詞、定冠詞、介詞、動詞時態等層面，說明其自然漢語及控制性漢語之用法差異。

表 1-2　文法差異：自然漢語/人工英譯 vs. 控制性漢語/機器英譯

	自然漢語及人工英譯	控制性漢語及機器英譯
所有格	原名森、乳名福松 （His original name was Sen, and his nickname was Fu-song.）	他的原本的名字當時是 Sen，且他的乳名當時是 Fu-song。 （機譯為：His original name was Sen, and his nickname was Fu-song.）
如上所示，控制性漢語名詞前需加上所有格「他的」，如此其歐語機器譯文的語法才會正確。		

不定冠詞	隆武帝賜姓朱，改名成功 （Emperor Long-wu gave him a surname Zhu, and named him Cheng-gong.）	皇帝 Long-wu 賜給他 一個 姓氏 Zhu，及 一個 名字 Cheng-gong。 （機譯爲：Emperor Long-wu gave him a surname Zhu, and a name Cheng-gong.）

漢語句子不講求文法，所以很少使用冠詞，但爲了使多語機器譯文法正確，我們最好註明清楚「一個」或「一則」或其它之冠詞及量詞。

連接詞	原名森、乳名福松 （His original name was Sen, and his petname was Fu-song.）	他的原本的名字當時是 Sen，且 他的乳名當時是 Fu-song。 （機譯爲：His original name was Sen, and his nicknames was Fu-song.）

漢語句子偏用平行結構，所包含之子句同等重要，所以子句中間不需添加連接詞說明他們的相互關係；通常漢語以逗號或頓號代替連接詞，但爲了譯成歐語，控制性漢語書寫必須添加連接詞。

不定詞	「鄭成功廟」廣布全臺。 （The temples in honor of Zheng, Cheng-gong spread throughout Taiwan.）	在臺灣，很多廟宇被建造，以紀念鄭成功。 （機譯爲：In Taiwan, many temples were built to commemorate Zheng, Cheng-gong.）

自然漢語文本仰賴人工翻譯，所以譯者會自行判斷不定詞；但 MT 系統偶爾會，有時又不會，為安全起見，使用控制性語言書寫時，可添加「以」字，以表示印歐語言的不定詞 "to"。

助動詞	...<u>發展出</u>相關之祭祀圈或信仰圈。（...its believers and worshipping communities are diverse.）	...<u>可以</u>展現地理及歷史特性。（機譯為：... <u>can show</u> the characteristics of geography and history.）

目前 Google Translate 無法每次皆正確譯出單數主詞的動詞（必須加 "s" 或 "es"），所以技術上控制性漢語書寫可善用助動詞，如「可以」（can）或「將會」（will），使其英語機譯的動詞文法正確。

定冠詞	官方有春、秋二祭（<u>The</u> official worshipping ritual is often held in Spring and Autumn.）	<u>該</u>官方的儀式經常是被舉行，在春天及秋天。（機譯為：<u>The</u> official ceremony is often held in the spring and autumn.）

上例中，漢語名詞前無須添加定冠詞，但英語名詞前必須添加定冠詞，文法才會正確，故我們建議使用「該」、「這」或「那」字，則其英語機器翻譯會顯現 "the"，"this"或 "that"，文法才正確。

介詞	<u>臺灣臺南</u> <u>明末清初</u>抗清名將鄭成功死後成神。	<u>在</u>明朝和清朝<u>間</u>，一將軍，名為 Zheng, Cheng-gong，帶領了軍隊去打仗對抗清政府的士兵，<u>在</u>台

	（<u>Between</u> the end of the Ming dynasty and the beginning of the Qing dynasty, General Zheng, Cheng-gong led a military fight against Qing's Government in Tainan, Taiwan and became the God after death.）	南，台灣。（機譯爲：<u>Between</u> the Ming and Qing dynasties, a general named Zheng, Cheng-gong, led the army to fight against the Qing government soldiers, <u>in</u> Tainan, Taiwan.）

上例顯示漢語句子省略介詞「在」/「在...之間」，讀者仍瞭解其意，但將其直譯成歐語時，則文法錯誤；所以書寫控制性文本時，必須將所有的文法單位寫出來，方能產生較正確的機器譯文。

時態標示	鄭成功驅逐荷蘭人、建立漢人政權。 （Zheng, Cheng-gong <u>expelled</u> the Dutchmen, and <u>built</u> the regime of Han Chinese.）	Zheng 驅逐了荷蘭人，且創立了漢人政權。 （機譯爲：Zheng <u>expelled</u> the Dutch, and <u>founded</u> the Han Chinese regime.）
	臺灣人感念鄭成功 （Many Taiwanese <u>were gratuful</u> to Zheng, Cheng-gong.）	Zheng Chenggong 當時是被許多台灣人感激。 （機譯爲：Zheng, Cheng-gong <u>was</u> being appreciated by many Taiwanese.）

漢語動詞本身無時態變化，所以須依賴一些標示詞，以表明其時態。漢語動詞後加「了」、「過」或於「是」之前加「當時」，則 Google Translate 會將這些動詞譯成過去式，如"expelled", "funded", "was"。漢語動詞前有時添加「當時」也會譯成過去式。

四、自然漢語、控制性漢語之句構與英譯之差異

漢語習慣將二、三個，甚而四、五個旨意，放入一個句子，因為傳統中文書寫方式是螺旋狀（spiral），但印歐語言書寫方式是直線式（linear），通常一句子僅表達一或二個旨意。此外，為了提升機譯之品質，我們必須儘量使用短句，平均長度於 20 字上下，符合語言學大師 N. Chomsky（1969）所說的語言深層結構（deep structure）。Chomsky 曾提到我們平日的言談論述通常是二、三個深層結構句組合而成的表層結構句（surface structure），若我們使用控制性漢語時，將一長句（表層結構句）拆成二、三個深層結構句，則語言表述會回到最基本核心的訊息，而這些核心句的多語譯文早已存入機器語料庫，所以很容易找到匹配語對，自然提升機器譯文之正確性。

同時，漢語句構偏用「話題＋評論」，但歐語書寫採用 SVO、SVX、XSV（X）、XSVOX 句構（S=主詞；V=動詞；O=受詞；X=其他詞類，如介詞片語、連接詞、不定詞等），所以為了改進多語機譯句構之正確性，我們需改寫自然漢語的句構。表 1-3 乃是自然漢語及控制性漢語之句構差異。

表 1-3　句構差異：自然漢語 vs. 控制性漢語

	自然漢語網頁文本	控制性漢語網頁文本
一句多意 vs. 一句一意	臺灣臺南明末清初抗清名將鄭成功死後成神。	1）鄭成功當時是一名將軍，在明朝和清朝之間。 2）他帶領了軍隊去打仗對抗清政府的士兵，在台南，台灣。 3）他成爲了神仙，在他死後。
一句多意 vs. 一句一意	加上臺灣人感念鄭成功驅逐荷蘭人、建立漢人政權、屯墾臺灣、發展貿易、大興文教，奠定臺灣物質與精神雙向發展基礎，對臺灣影響深遠，因而被冠上「開臺聖王」的神明稱號，俗稱「國姓王」。	鄭成功當時是被感激，爲下列的原因： 1）他驅逐了荷蘭人，且創立了漢人政權。 2）他推動了貿易、文化與教育，在台灣。 3）他奠定了基礎，以發展臺灣人的物質與精神生活。 4）今日，他被稱爲，The Saint King of Settling Taiwan，俗稱「Koxinga」。
一句多意 vs. 一句	於不同時代，因應人民需要而展現不同的神力，如助戰、登科、祈雨、治水、除	1）Zheng, Cheng-gong 帶領了當地人民去作戰。 2）他祈求了雨，以解決旱災。 3）他治癒了一些人的疾病。

一意	蟲、醫療、協尋失物、甚至人生諮詢；	4）此外，他協助過人民去尋找失物。
一句多意 vs. 一句一意	祭祀活動可大分為官方與民間兩類，官方有春、秋二祭，於4月29日（鄭成功登臺日）及8月27日（農曆7月14日鄭成功誕辰）於臺南延平郡王祠舉行。	1）官方與一般的祭拜儀式皆是被舉行。 2）時間是春天及秋天。 3）地點是延平郡王祠於台南。 4）該日期落上：4月29日（該日當 Zheng 來到臺灣）及8月27日（Zheng, Cheng-gong 誕辰）（7月14日根據農曆）。

上述左欄的自然漢語句子雖然用詞精簡，但含有太多訊息，阻礙其快速溝通之成效。所以我們使用控制性漢語書寫時，必須將其訊息解壓縮，以便提升多語機譯之語意正確性。

| 話題-評論 vs. SVO/X | 臺灣人感念鄭成功（topic）驅逐荷蘭人（comment 1）、建立漢人政權（comment 2）、屯墾臺灣（comment 3）、發展貿易（comment 4）、大 | 鄭成功（S）當時是被感激（V），為了下列的原因（X）：
1）他（S）驅逐了（V1）荷蘭人（O1），且（X）創立了（V2）漢人政權（O2）。
2）他（S）推動了（V）貿易、文化與教育（O），在台灣（X）。 |

	興文教（comment 5），奠定臺灣物質與精神雙向發展基礎（comment 6），對臺灣影響深遠，因而被冠上「開臺聖王」的神明稱號，<u>俗稱</u>「國姓王」（comment 6）。	3）他（S）奠定了（V）基礎（O1），以發展（X）臺灣人的物質生活（O2）。 4）今日（X），他（S）被稱爲（V1），The Saint King of Settling Taiwan（O1），俗稱（V2）「Koxinga」（O2）。

漢語句構偏用話題，再加一些評論（如上欄左邊句子），其機器英譯造成許多文法錯誤，於控制性漢語書寫時，我們可將其改寫成符合英語 SVO/SVOX 或 SVX（主詞-動詞-其它）等句構。

主動式 vs. 被動式	人 稱 國姓爺 （People called him Koxinga.）	Zheng 是 被稱爲 Koxinga （Zheng is known as Koxinga.）
	鄭成功廟 廣布 全臺。 （The temples in honor of Zheng, Cheng-gong spread over Taiwan.）	很多廟宇 被建造 。 （Many temples were built.）

	於 …… 臺南延平郡王祠舉行	該祭拜儀式是經常被舉行 …. （The worship ceremonies are often held ….）
漢語習慣使用主動式，但爲了提升其機譯之正確性，我們可將其改成被動式。		
介詞 片語	於 …… 臺南延平郡王祠舉行。	它的地方是延平郡王祠在台南。（Its place is Koxinga Shrine, in Tainan.）
漢語習慣將表示地點之介片放置在句子中間，如果句子不長，則其 Google Translate 的英譯仍算正確；但句子較長時，則產生文法錯誤。爲了安全起見，建議於書寫控制性漢語時，可將表示地點之介片移至句尾。		

五、自然漢語、控制性漢語之語用與英譯之差異

自然漢語的文化網頁經常使用許多人、事、物專有名詞、四字片語、成語等習慣用語，對於控制性漢語書寫是一大挑戰。表 1-4 說明如何改寫這些特殊用語，並與其自然漢語、人工英譯作一對比。

表 1-4 語用差異：自然漢語/人工英譯 **vs.** 控制性漢語/機器英譯

	自然漢語網頁/人工英譯	控制性漢語網頁/機器英譯
文化用詞 vs. 普通用詞	隆武帝/ Emperor Long-wu	皇帝 Long-wu/ Emperor Long-wu
	永曆帝/ Emperor Yong-li	皇帝 Yong-li/ Emperor Yong-li
	延平郡王/ Yen-Ping-Chun-Wang/	Yen-Ping-Chun-Wang/ Yen-Ping-Chun-Wang（相同）
	國姓王/ Koxinga	Koxinga/ Koxinga （相同）
	開臺聖王/ The Saint King of Settling Taiwan	The Saint King of Settling Taiwan/ The Saint King of Settling Taiwan（相同）
	延平郡王祠/ Koxinga Shrine	Koxinga Shrine/ Koxinga Shrine（相同）

上述人名、稱號及廟宇名稱，不適合逐字意譯，所以建議直接以英文名稱取代，如此 Google Translate 方能正確地翻譯，以減少荒謬怪誕的譯文產生。

四字片語 vs. 不定詞片語	端正教化/ civilize the local people	以改進社會風氣/ to improve the social climate
	團結鄉里/ unite villagers	以團結鄉民/ to unite the villagers
	安定民心/ stabilize the society	以維護人民安全/ to maintain the safety of people.
	促進經濟/ boost national economy	以推動國家經濟/ to promote the national economy.
	文化傳承/ cultural inheritance	以發展國家文化/ to develop national culture
	族群融合/ ethnic groups integration	以整合不同族群/ to integrate different ethnic groups
	穩定政局/ stabilize the political situation	以穩定政治局勢/ to stabilize the political situation

上欄左側的四字片語是漢語習慣表述，有些是動詞加受詞（V+O），而有些兩個名詞串聯一起，變成一個複合名詞，如「族群融合」，爲了符合西方慣有之語言表述，建議將其全部改成不定詞片語，以提升多語機譯之文法及語意正確性。

冗長 vs. 精簡 描述	「延平郡王信仰」已成爲臺灣此一移民社會的共同信仰，並因地區而異，發展出相關之祭祀圈或信仰圈。且於不同時代，因應人民需要而展現不同的神力...。（英語翻譯見附件一）	這信仰可以展現地理及歷史特性，且它是成爲一移民社會的共同信仰。他祈求了雨，以停止旱災。此外，他治癒了一些人的疾病，且協助過人民去尋找失物。（英語翻譯見附件二）

左側自然漢語句子的描述冗長，不適合網頁讀者（尤其是西方讀者），故建議於控制性漢語書寫時，可採用精簡描述，如：「因地區而異」則表示「展現其地理性」，而「因時代不同，展現不同神力」則表示「展現歷史特性」，所以只需一句話「展現地理及歷史特性」即可清楚地傳達訊息。

六、自然語言網頁與半、全控制性語言網頁之介面差異

　　網頁文本是網路世代的新產物，它完全打破、顛覆以往平面印刷的格式，亦改變了現代人的閱讀習慣。因爲網頁介面設計與一般印刷文本版面不同，爲了符合網頁文本讀者之需求與喜好，我們必

須先瞭解網頁閱讀與非網頁閱讀習慣之差異。根據史丹佛大學一項眼睛追蹤研究及其它相關測試，K. Redshaw（2003）列出四項網頁讀者的閱讀習慣：1）跳過附加的圖表；2）79％讀者僅僅快速掃描內容，並非逐字閱讀，泰半專注在標題（headlines）、摘要（summaries）及大寫字體（captions）；3）與新聞報紙讀者相比較，有三倍多的網頁讀者偏好閱讀較短的段落；4）一般網頁讀者僅擷取一頁長內容中的 75％訊息，其餘皆省略。

　　上述行為乃是起因於電腦介面閱讀比一般閱讀速度慢 25％；其次，在電腦上閱讀會增加眼壓，容易疲勞。另外，依 Dr. Nielsen（2008）的看法，網路使用者（web users）比平面印刷文件使用者更為積極，若於快速掃描後，找不到他們想要閱讀的內容，即會立刻放棄，所以，愈長的網頁文本愈不會吸引他們。說實在，他們只想知道一些事實，他們掃描的重點是標題、摘要及大寫字母，往往太過詳細的描述及情節無法吸引他們的注意及興趣。Nilesen 綜合上述觀察結果，整理出一些網頁書寫通則，乃是「簡單、簡潔及可作掃描」（simple, succinct and scamable）。事實上，控制性漢語書寫之最高指導原則乃是簡單、扼要、明瞭，完全符合 Nilesen 的網頁書寫通則。

　　另一項重要的網頁書寫原則是採用 F-型模式（Nielsen, 2006），此意謂著二個左-右段落或橫條狀訊息，接著一個上-下目錄或長條狀訊息（two horizontal stripes followed by a vertical stripe）。此網頁書寫介面設計的原因乃是網路使用者不喜歡逐字閱讀；他們多半是掃描過一系列相關主題網站，然後再將訊息拼湊、組合，作為參考諮詢的標的。當然也有少數讀者會針對他們感興趣的網頁內容，進一步詳細閱讀，而這些多半是基於學術研究理由。

　　本書所介紹的網頁書寫內容如：民俗節慶或公司網站，皆是非學術性文本，讀者群鎖定西方讀者，所以他們的閱讀動機及習慣應該符合 Redshaw 及 Nielsen 論及的網路讀者之閱讀性向。因此，為這些讀者所量身訂作的網頁書寫新方式，可參考上述的網頁書寫原則。反之，自然漢語網頁書寫係專為華語社群服務，故不需苛求必須符合 F-型模式，且不必要非常精簡或可作掃描。基於東、西方網路讀者閱讀習慣之差異，筆者建議設計兩種網頁書寫內容和介面，一種是自然漢語網頁，採用一般書寫格式即可；另一種是控制性漢語網頁，可斟酌採用 F-型格式。以下就這兩種網頁書寫介面、文本/句子長度、語言、文體、風格作一比較。

表 1-5　介面差異：自然漢語網頁　vs. 控制性漢語網頁

	自然漢語網頁	控制性漢語網頁
介面設計	一般書寫格式	F-型格式 （二個左-右條狀段落/句子 加上一個上-下條狀段落）
句子長度	每一段落平均 二~三句	每一段落平均 四~六句
語言	文白合一	英、漢合一
文體	冗長、完整	精簡、零碎
風格	正式、典雅	淺白、歐式

註：上表是筆者自行整體

　　基本上，自然漢語書寫網頁內容與一般印刷物內容無太大差異；一般漢語/東方讀者較能容忍網頁文本長度，亦較有耐心閱讀內容；但西方讀者不同，控制性網頁係針對西方讀者而設計，亦是為了方便透過 Google Translate 將其譯成多國語言，所以書寫時必須考量讀者需求及 MT 系統功能，不是光憑書寫者自己之喜好和想法，故一般網路上中文網頁書寫為作者導向，但控制性中文網頁則必須以讀者及機器為導向。其次，自然漢語書寫內容往往提供一些詳細描述，但為符合西方網頁讀者需求，需將訊息壓縮，呈現較精簡之文體。值得注意是，為方便 MT 系統譯成多國語言，句子必須愈短愈好，所以控制性文本一般皆由許多短句組成，往往造成讀者跳躍零碎的感受，但西方網路讀者並不會介意此種感受，因為他們搜尋網頁的目的僅是為了獲得相關訊息；對於他們而言，容易理解、快速擷取之訊息遠比完整內容更為重要。

　　於此，筆者必須再次強調，建議使用網頁書寫新語言—控制性漢語，並非要全面取代自然漢語，筆者主張使用平行網頁文本模式，乃是為顧及不同讀者群之需和及喜好。自然漢語書寫網頁文本專為國人／地方語言使用者服務，而控制性漢語書寫文本則為外籍人士使用。若是我們能透過良好的多語機譯，將本地訊息快速地傳至世界各角落，則國與國之間的文化、資訊、經濟交流，將更為便捷、更為暢通無阻。

第二章　控制性漢語網頁書寫原則

壹、語言演化與變革

　　語言是表達思想、傳遞資訊的工具，藉由語言人們得以傳播及累積資訊，人類文明進步不能不倚賴語言。但語言有如生物有機體，會隨著時代背景不同而有所變遷。語言演化過程複雜，涉及神經生物學、人類學、語言學、心理學等相關研究，但語言變革與環境變遷更有絕大對應關係，就如同動物身體結構為了適應自然環境而改變之道理一般。大草原上，羚羊為了躲避獅子、老虎等猛獸追捕，所以有一雙跑得特別快的腿；又長頸鹿為了能吃到高樹上的葉子，所以有特別長的頸子。回到人類身體結構，寒帶地區人們為了禦寒所以天生具有較熱帶地區人類為長的體毛；而熱帶地區人們為了適應較為炎熱的天氣，因而天生鼻孔較大，方便散熱、呼吸。動、植物生理結構與環境相互影響的現象，驗證了環境決定論的理論基礎。

　　環境決定論（environmental determinism）亦可用來說明語言的變化與革新，王士元（2006）在〈語言漢化的探索〉提及：「在語言突變階段，事情可能有不同的變化。在學會製造工具的新方法或準備新食物的同時，人們會採用一些來自其他部落的語言上的新說法，作為全部文化發展進程的一部份。這種擴散就如同歷史上不同時期

採用不同書寫系統的情形，比如說，一千多年前日語首次採用漢字的情況」（頁 25）。以上陳述道出語言不是封閉、獨立發展的體系。語言變革可能呈現垂直的前後差異，亦可能呈現平行的語言社群內外差異。就漢語歷史發展而言，在五四白話文運動前，中國政府和教育機構一向是以文言文作爲正式的官方語言，民間則普遍使用各種地區方言，但因文言文書寫不易，加上學習困難，不利於教育之普及，因而觸發了白話文興起。

胡適先生認爲時代驟變，在東西文化頻繁交流影響下，引進外國文化可以增加許多新事物，文學創作必須使用新的語言工具，否則無法表達及呈現一個新時代的情感和思想，因而提出以白話文來代替文言文。後來，一九一八年五月四日爲了抗議巴黎和會列強將德國在山東的特權轉讓給日本，北京三千多名大學生以內懲國賊，外抗強權爲口號，走上街頭遊行示威。另爲了方便在報紙上書寫文章宣傳理念，乃捨棄文言文而改採白話文，因此無形中也助長了白話文的發展。當時一些使用文言文的重要刊物，「如《國民公報》、《民報》、《東方雜誌》也部分採用白話文或採用白話文短評、通訊，至一九一九年，白話文書寫報刊已達 400 多種（王媛，2007，頁 104；引自陳伯軒，2011，頁 381）。這些刊物採用白話文無形中也爲白話文運動及新文學革命注入推波助瀾之力，由此可見新語言的崛起與發展往往具有特定的歷史文化和時空背景。

近代由於各國、各地區與外來文化接觸日趨頻繁，在地語言難免受到國際語言影響，造成詞彙和語法的改變。就如 70 年代登場的「港式中文」，一種粵語或國語和英文夾雜的語言，充分展現香港的文化特色，有人命之爲「香港話」（陳耀南，頁 35）。這種語言在余光中及蔡思果等人眼中應算是「歐化中文」，被視爲一種不中不西的混種

變體。台灣中文書寫因受到英中直譯影響，亦出現大量「被」字的用法，如：「最近他的新書會被他出版」，就是從英語句子"will be published"直接翻譯過來的。最早漢語很少使用"被"字，除非是描述一個負面現象，如：「他被車撞到」或「他被雷電擊中」。使用「遭」代替「被」字，也極為常見，如：「他遭到搶劫」、「他遭到雷劈」，這些皆是指涉負面的語詞。其次，受到西方名詞化語句直譯的影響，亦偏好使用「名詞+度/性/化」的語詞，如：「這譯文有很高的語意清晰度。」（*The translation has very high semantic clarity*）、「該議題的重要性不可言喻」（T*he importance of this issue is beyond the description with words*）、及「一個國家的文明化仰賴其經濟的繁榮」（*The civilization of a country relies on its economic prosperity*）。上述例句中的歐化名詞，一開始我們會覺得生硬、不親切，但時間一久，自然就成為我們日常口說和書寫的習慣表達方式，人們也就見怪不怪了。由此可知，漢語歐化改變人們的語言表達方式，一旦該變體被接受使用，久而久之，即會變成正規語言。

　　胡適曾為推展白話文運動提出另類的文學觀「淺白即是美」，強調白話文具有普及教育的經濟效益，因而白話文得以延續發展。此過程說明了語言演化，必須有一套理由說服使用者，才能使語言變革成功。正如王士元（頁14）所言，語言的演化至少涉及兩個個體：發送者與接收者，換言之，除了一個敢於創造的發送者外，至少也需有一個有見識的接收者，語言的演化才能向前推進。同樣的，網頁書寫的新方式也必須贏得大眾的認同與接受，方能順利推行。

貳、控制性漢語書寫特性及其機譯評量

　　如前章所述，為了改進機器譯文品質，筆者建議採用控制性漢語；就某一層面而言，控制性漢語乃是模仿英語語法，可視為一種歐化中文；但另一方面，控制性漢語又超越了歐化中文之定義範圍，它不僅僅是白話文漢語與英文語法的結合，更需要精簡其內容，諸如使用短句（儘量不超過 30 字）或選擇通用、去地方性的詞彙等，即使偶爾直接使用英文詞彙、模仿英文語法，但也是為了提升機器譯文品質，所以我們將此新型漢語命名為「機譯導向漢語」。換言之，它是為配合改進機器譯文而設計，乃是一種專用於網頁書寫的表述方式，與自然漢語在語法和詞彙上皆有所不同，故可稱之為機譯導向漢語。

一、控制性漢語書寫特性

　　根據筆者多年的機譯研究與觀察，歸納出控制性漢語或機譯導向漢語書寫具有一些特性，如：「物質性」（materiality）、「扁平性」（flatness）、「完整性」（integrity）、「明朗性」（explicitness）及「精簡性」（conciseness）。「物質性」意指詞彙具有指涉意義（referential meanings），而非隱含或比喻意義（connotative or figurative meanings）。指涉意義的範圍小且較為固定，隱含/比喻意義則範圍大且非穩定（依上下文改變）。「扁平性」意指控制性漢語之描述或用語不具地方特殊性或來源文化唯一性，文化相關詞彙必須改寫成一般用語或

客觀陳述，如此，外國讀者才不會因文化隔閡而造成溝通障礙。「完整性」意指專有名詞應完整保留其原始符碼，如羅馬拼音的 Mazu（媽祖），如此，機譯方能正確傳達其意義。「明朗性」意指用詞的眞正意涵（非表面意義）應明確表達或加以解釋，使其內隱訊息彰顯出來。「精簡性」表示將複雜句改成簡單句，將重複、累贅訊息重新整合成簡要內容。此外，亦可刪除會造成外國讀者不悅、反感的訊息，如「將乩童臉頰穿針」。以下各舉一例說明之：

（一）物質性

遇到「新娘哭泣表示對娘家一種依依不捨的情懷」句子時，「依依不捨的情懷」（emotional attachment）是一種非物質的情感描述，MT 系統不易處理，所以必須將其改寫成「新娘會哭泣因爲她不願意離開她的家」。「不願意離開家」是一種具體描寫，其指涉意義清楚明確，故英語機譯 *She does not want to leave her home* 可正確地傳達訊息。

（二）扁平性

遇到「後來，他當上了皇帝，風風光光的回到故鄉。」句子時，四字片語「風風光光」爲漢語特有的習慣用語，我們很難在外國語言中找到對等詞或相同意義的四字片語，所以必須改寫成「一大榮耀」（lit: a great honor），而整句可改寫成「對他而言，它當時是一大榮耀，以返回他的故鄉」，如此一來，其英語機譯 *For him, it was a great glory to return to his hometown* 不但文法正確，且能正確地傳達語意。又1)「豐年祭蘊含著敬老尊賢的教育意涵」、2)「養生送死是爲人子女應盡的孝道」兩句中使用了四字片語如「敬老尊賢」、「養生送死」(漢語特有的習慣用語)，所以上該兩句可改寫成：1)「該豐年祭可以教

導我們即老人及賢人必須被尊敬。」及 2)「孝道意謂著子女擁有義務去照顧年老父母。且子女應該舉行一葬禮為死掉的父母。」其英語機譯分別為：

1) *The Harvest Festival can teach us that the elderly and the wise men must be respected.*

2) *Filial piety means that children have a duty to care for their elderly parents. Aand chidlren should hold a funeral for the dead parents.*

如此方能正確地傳達訊息。

（三）完整性

書寫「九份是座落於瑞芳區，新北市」句子時，我們可直接使用 "Jiou-Fen" 代替「九份」；以 "Rui-Feng Dist" 代替「瑞芳區」，如此，這些地名專有名詞就可完整保留原始符碼，不會被 MT 系統解讀成非地名的意義單位。否則「九份」會被直譯成 "nine parts"。其次，一些慣用語和文化用詞，如神明、節日名稱、民俗活動、節慶儀式、人名、食物、地名等可直接以英文呈現，以免 MT 系統將其逐字直譯，結果往往令人啼笑皆非，並傳達錯誤訊息。例如，「拜春母」為 Mother worship spring，而「立蛋」為 Li eggs。

（四）明朗性

有關控制性漢語書寫的明朗性可就文法及文化訊息兩方面來說明。在文法層面，當我們書寫「在這地方，風景很獨特」句子時，「風景」後面必須添加 be-動詞「是」，如：「在這地方，它的風景是獨特的」，其機器英譯的文法才會正確，*In this place, its scenery is unique*。其次，在文化訊息層面，為了使訊息與外國讀者的文化背景知識產生最佳

關聯，則可添加額外的說明，如「據說新娘哭得愈大聲愈旺娘家方面的運勢」。此句中「愈旺娘家方面的運勢」的語意並不清楚，因爲「新娘哭得愈大聲」與「娘家興旺」的因果關係並不明顯，所以我們可將原文改寫成「大聲哭泣會帶好運和興旺給新娘家」（lit: Loud cry will give the bride's family good luck and prosperity），其機器英譯的語意才會正確，如 *Crying out loud will bring good luck and prosperity to the bride's family*。此外，例句「守靈是爲了防止貓和狗進入室內」中，「守靈」是中國人傳統的習俗，若直譯會很怪異，所以可將整句改寫成「家人們將會守護死者屍體。他們想要阻止貓和狗免於跑入靈堂」，其英語機譯爲：*The family members will guard the body of the deceased. They want to prevent cats and dogs from running into the hall*。如此，外國讀者當能了解上下文之意。

（五）精簡性

原文中「炸寒單爺爲台東元宵節的一個習俗」與「此爲地方盛事」訊息重疊，所以我們可合併之，控制性漢語重寫爲「炸寒單爺爲一件盛事，在台東，在元宵節」，其譯文更爲精簡。

二、控制性漢語機譯評量

　　筆者借用 O'Brien 及 Roturier（2007）的四種層級的機器譯文品質作爲評量標準；唯有符合前二級的機器譯文才得以錄用。下表乃是四種等級機器譯文品質之定義及參考例子。下表中的參考例子取自臺灣大百科全書網頁編譯而成。

表 2-1　四種等級之機器譯文評量

四種等級	評量標準	參考例子
優異等級 （Excellent）	機器譯文品質極佳，<u>不需人工編輯</u>，而譯文讀者也不需對照原文，就能清楚瞭解譯文內容。 （<u>The MT output is perfect and does not need to be edited.</u> The end-user does not have to cross-refer to the SL text and could understand the MT output easily and clearly.）	在台灣，根據婚禮的風俗，一女子將會跟她姊妹們一起吃飯，結婚之前。這盛宴意謂著新娘與她的姐妹們將會說再見。在盛宴中，新娘會接受祝福從她的姐妹們。 In Taiwan, according to the custom of the wedding, a woman will eat together with her sisters, before marriage. This feast means that the bride and her sisters would say goodbye. In the feast, the bride will receive blessings from her sisters.
良好等級 （Good）	雖然機器譯文<u>有些許的文法及用詞錯誤，但還是可以接受</u>；譯文讀者也不需對照原文即可瞭解內容訊息。 （The MT output is	根據台灣的婚禮習俗，一女子將會與她姊妹們一起吃飯，結婚前。這盛宴意指新娘與她的姐妹們將互相道別。且這盛宴代表新娘的姐妹們的祝福。 According to Taiwan's

	acceptable and readable though it has some minor grammatical or lexical mistakes. The end-user can still understand the MT output without consulting the SL text.）	wedding customs, a woman will eat together with her sisters, before marriage. This means that the bride and her <u>feast</u> sisters will say goodbye to each other. And this feast represents the bride's <u>sisters</u> blessing.
普通等級 （Mediocre）	機器譯文<u>有顯著的</u><u>錯誤，讀者不需對照</u><u>原文閱讀時，約略可</u><u>知道文本大意</u>。 （The MT output has significant errors and the end-user can simply get the gist of the MT output without referring to the SL text）	台灣的婚禮習俗裡，當女生出嫁那天，她會跟她姊妹們一起吃飯，這是新娘跟她姐妹們離別的盛宴，同時也是一場筵席讓姊妹們祝賀新娘。 <u>Wedding customs in</u> Taiwan, when the girls get married <u>that day,</u> she will eat together with her sisters, <u>this is the</u> <u>bride with her sisters farewell</u> <u>feast,</u> but also a feast for sisters to congratulate the bride.
低劣等級 （Poor）	機器譯文<u>無法令人</u><u>理解，所以其可讀性</u><u>很低</u>，譯文有很嚴重	台灣的婚俗，女生出嫁當天，出門前要與姐妹一起吃姐妹桌，這是離別的盛

	的錯誤，若是譯文讀者無對照原文，則根本無法理解內容訊息。 （The MT output is unreadable and incomprehensible. It contains serious errors. The end-user is unable to catch the message from the MT output without reading the SL text.）	宴，也是姐妹們歡送新娘的筵席。 　Marriage in Taiwan, girls married the same day, out the door to the table with the sisters to eat and sisters, this is the parting of the feast, the bride is also the sisters farewell feast.

　上列表格中前兩級的英語機器翻譯品質才是我們所欲追求的英語翻譯水準。爲了達到此標準，輸入線上 Google Translate 機器翻譯系統的文本必須符合控制性漢語規範，經由分析、檢視目前已編譯的數筆資料並比對其英、法、德、西班牙語機器翻譯譯文後，筆者整理出詞彙、文法、句構及語用層面的控制性漢語書寫原則。

參、控制性漢語書寫原則

　　大致上，控制性漢語書寫必須服膺 6 個通則，含蓋詞彙、文法、語構及語用層面。詞彙相關通則包含：①一字一詞意及②詞愈白愈好。句構相關通則包含：③一句一旨意及④句子愈短愈好。文法相關通則是：⑤文法愈顯愈好，而語用相關通則是：⑥內容愈簡愈好。以下分別就這些通則之細則及參考例句予以說明。

一、詞彙相關之書寫細則

　　上述通則①及②乃是詞彙層面該遵守的大原則，其細則包括：1）將單音節字詞改成雙音節字詞；2）使用合宜的詞彙；3）將古典詞彙或文言文字詞改成白話通俗用語。下面以數例說明之。

例一：將單音節字詞改成雙音節字詞

（**Use of double-syllabic words, not single-syllabic words**）

非控制性漢語及英語機譯	控制性漢語及英語機譯
"Guarding the corpse"的目的是去阻止貓和狗免於 入內 。 "Guarding the corpse" purpose is to prevent cats and dogs from <u>the entry.</u>	"Guarding the corpse"的目的是去阻止貓和狗免於 進入屋子 。 "Guarding the corpse" purpose is to prevent cats and dogs from <u>entering the house.</u>

豐年祭是年度 大祭 。 Harvest Festival Annual festival.	豐年祭是 最大的盛事 每一年。 Harvest Festival is <u>the biggest event</u> every year.
最後一晚，未婚女孩可公開於舞蹈進行中向青年 示愛 。 Last night, unmarried girls can <u>be disclosed</u> in dance to young affection.	未婚女孩能公開地 展示 他們的 愛慕 向男青年。他們一起跳舞在晚上在最後一天。 Unmarried girls can openly <u>show their love</u> to the young men. They dance together in the evening on the last day.

單音節語意指涉不清，MT 系統無法依上下文作出正確判斷，翻譯易錯誤。此外，選擇合宜的詞彙亦是正確機譯的關鍵。

例二：使用合宜的詞彙

（**Use of appropriate words**）

非控制性漢語及英語機譯	控制性漢語及英語機譯
Jiou-fen 有 不同的相貌，在不同的季節。 Jiou-fen <u>have</u> different looks in different seasons.	Jiou-fen 具有 不同的相貌，在不同的季節。 Jiou-fen <u>has</u> different looks in different seasons.
該遊樂區 跨越 台中市及宜蘭縣。 The recreation area <u>spans</u>	該遊樂區 處在於 台中城市及宜蘭縣 之間 。 The recreation area <u>lies between</u>

Taichung City and Yilan County.	Taichung City and Yilan County.
他們贈送禮物。 Their gift.	他們送出禮物。 They sent gifts
這習俗的意涵是爲了展示新郎的權威。 The implications of this practice is to demonstrate the authority of the groom.	這習俗的目的是爲了展示新郎的權威。 The purpose of this practice is to demonstrate the authority of the groom.
雖然一般人認爲 Uxorilocal Marriage 是很可恥的事，人們仍然維持這個傳統在農業社會。 Although most people think Uxorilocal Marriage is a very shameful thing, people still maintain this tradition in the agricultural community.	雖然一般人認爲 Uxorilocal Marriage 是很可恥的事，人們仍然實行這個傳統在農業社會。 Although most people think Uxorilocal Marriage is a very shameful thing, people still practice this tradition in the agricultural community.
Uxorilocal Marriage 可以幫助延續血脈。 Uxorilocal Marriage can help extend blood.	Uxorilocal Marriage 可以幫助繼續家庭血脈。 Uxorilocal Marriage can help to continue the family bloodline.
這裡足以發展爲四季宜人的一個度假勝地。	這地方可以發展爲一個度假勝地，適合於所有季節。

Here is sufficient to develop a <u>pleasant seasons</u> resort.	This place can be developed into a resort <u>for all seasons</u>.
「守護屍體」也被稱爲「守護夜」。 "<u>Guardian</u> of the bodies" is also known as the "<u>guardian</u> of the night."""	「守著屍體」是也被稱爲「守著夜」。 "<u>Guarding</u> the corpses" is also known as "<u>guarding</u> the night."
傳統上，在四十九天的守著屍體，死者家屬不可以剃頭髮和鬍子。 Traditionally, in 49 days guarding the corpse, the family of the deceased may not <u>shaved hair and beard</u>.	傳統上，在四十九天內，死者家屬不可以剪他們的頭髮和刮他們的鬍子。 Traditionally, in the forty-nine days, the family of the deceased can not <u>cut their hair and shave their beard.</u>
這個詞「南北貨」也意味著富裕，因爲包括來自南方和北方的一切。 The word "north-south goods" also means <u>wealthy</u>, because it includes everything from the North and the South.	這個詞「南北貨」也意味著財富。它包括了來自南方和北方的一切。 The word "north-south goods" also means <u>wealth.</u> It includes everything from the North and the South.
受測者可以瞭解自己目前的處境及未來的命運藉由中國漢字占卜。	受測者可以瞭解自己目前的處境及未來的命運，透過中國漢字占卜。

Subjects can understand their current situation and future fate <u>by</u> Chinese characters divination.	Subjects can understand their current situation and future fate, <u>through</u> the Chinese characters divination.
因此，他們採取 Uxorilocal Marriage （招贅）作為 一方式 。 Therefore, they take Uxorilocal Marriage（Uxorilocal） <u>as a way</u>.	因此，他們採取 Uxorilocal Marriage （招贅）作為一 解決 方式 。 Therefore, they take Uxorilocal Marriage（Uxorilocal） as <u>a</u> solution.
該女孩 堅持去 嫁給該窮書生。 The <u>girls keep going</u> to marry the poor scholar.	該女孩 決定 嫁給該窮書生。 The girl <u>decided to</u> marry the poor scholar.
偶爾，該女子 祭拜了 該床。 Occasionally, the woman <u>worship</u> the bed	偶爾，該女子 祈禱了 向該床。 Occasionally, the woman prayed to the bed.

上方表格中，有些漢語詞彙之文法特性並非如表面意義所示，才會導致機譯錯誤。如「堅持去」並非動詞，其時「堅持」可能是情狀副詞（insistently），而「去」可能是不定詞（to）或動詞（go），所以機器無法正確判斷。又如此句「南北貨也意味著富裕」中，「富裕」是形容詞（rich），並非名詞（wealth），故我們需使用「財富」代替「富裕」，才不會導致機譯錯誤。

　　此外，「延續血脈」語意不清楚，所以 Google Translate 直接將

其英譯成 extend blood，我們使用合宜詞彙如「繼續家庭血脈」後，其機器英譯 continue the family bloodline 即可讓讀者豁然開朗。另要提醒讀者是，東、西方人士描述同一件事往往會使用不同語詞，如我們習慣說「維持這個傳統」，但西方人士意指「實行這個傳統」，所以，書寫控制性漢語時，一切用詞必須「看著東方、想著西方」(look East, think West)，意指看著漢語，想著西方人如何表達此訊息，如此方能使控制性漢語之歐語機譯符合西方人士的習慣用語。

例三：將古典詞彙或文言文字詞改成白話通俗用語
（Use of common words, not classical diction）

非控制性漢語及英語機譯	控制性漢語及英語機譯
以前的人認為香包能祛邪。 Past, people felt sachet can Quxie.	古時候，人們相信即香袋能驅趕惡靈。 In ancient times, people believed that sachets can drive away evil spirits.
這段期間絕對不可與人有所嫌隙。 Period absolutely can not be used in conjunction with some bad feelings.	賽夏族人是不被允許與別人爭吵，於這段期間。 Saisiat are not allowed to quarrel with others, during this period.

傳統婚俗 講究 儀節禮數。 Traditional Wedding etiquette <u>elaborate</u> rites.	傳統婚俗 極為重視 禮節及複雜儀式。 Traditional Wedding <u>attaches great importance to</u> etiquette and complex rituals.

古典詞彙與單音詞相似，是以文言文書寫，其壓縮訊息不易令人解讀，必須將其解釋清楚，才能提高機器譯文的正確性。此外，Google Translate 內存語料庫泰半是白話文本及其外語譯文，所以來源語文本若含有古典詞彙，將不易找到比對的譯詞（translation matches），易導致奇怪或錯誤翻譯產生。

二、句構相關之書寫原則

　　句構（syntax）書寫原則包括：1）一句子應以傳達一個旨意為限；若含有太多旨意，則句子結構勢必複雜，不易理解；2）將左側太長的修飾詞改寫成不定詞片語或其他句構；3）每一子句使用 SVO/X 結構；4）儘量使用被動式語句子；5）表時間或地點之介片，宜置於句首或句尾。以下數例說明之。

例一：句子簡短，將一長句拆成兩個短句

（Use of several short sentences, not a long one）

非控制性漢語及英語機譯	控制性漢語及英語機譯
相關要訣、詩歌及理論皆被收錄在 Gu-Jin-Tu-Shu-Ji-Cheng 中以及清朝 Cheng Sheng 的著作 Ce-Zi-Mi-Die 中。 Related tips, poetry and theory are to be included in the Gu-Jin-Tu-Shu-Ji-Cheng Cheng Sheng and in the writings ofCe-Zi-Mi-Die.	1）Gu-Jin-Tu-Shu-Ji-Cheng 收集了相關要訣、詩歌及理論。 2）在清朝，Cheng Sheng's Ce-Zi-Mi-Die 也收集了相關文章。 1）Gu-Jin-Tu-Shu-Ji-Cheng collected relevant tips, poetry and theory. 2）In the Qing Dynasty, Cheng Sheng's Ce-Zi-Mi-Die also collected related articles.
之後這女這長大，她變得很邪惡且做了許多壞事。 After this woman grew up, she became very evil and do a lot of bad things.	1）之後這女孩長大，她變成了一邪惡的人。 2）而且她的行爲當時是非常壞。 1）After this girl grew up, she became an evil person. 2）And her behavior was very bad.
好像漢人的農曆年，該活動是家庭團圓的一個機會，且它也是象徵著團結。	1）好像漢人的農曆年，該活動是家庭團圓的一個機會。

	2）而且它是象徵著團結。
<u>As</u> Han Chinese Lunar New Year, the activity is an opportunity for family reunion, and it is also a symbol of unity.	1）<u>Like</u> the Han Chinese Lunar New Year, the event is a chance of family reunion. 2）And it is a symbol of unity.
如果父母只有一個女兒，他們會要求新郎去嫁入他們的家庭，且他們的姓氏可以被保留。 If the parents have only one daughter, they will ask the groom to marry into their family, and <u>their last name be retained.</u>	1）如果父母只有一個女兒，他們會要求新郎去嫁入他們的家庭。 2）所以，新娘的姓氏可以被傳下來。 1）If the parents have only one daughter, they will ask the groom to marry into their family. 2）Therefore, <u>the bride's surname can be handed down.</u>

如前所言，漢語傳統書寫方式習慣將二、三個旨意置於一個句子，但歐語書寫習慣一個子句僅表達一個旨意，故使用控制性漢語書寫時，建議將一長句拆成數個短句，符合「一句一旨意」之原則，則 Google Translate 系統較易處理。

例二：將左側修飾詞改寫成獨立子句或其他形式片語

（**Use of an independent sentence or others, not a left-branching modifying phrase or a pre-noun modifier**）

非控制性漢語及英語機譯	控制性漢語及英語機譯
人們可以欣賞 寫在春聯上的 中國書法。 One can appreciate Chinese calligraphy written in couplets on.	當人們讀 新年春聯 ，他們可以欣賞中國書法。 When people read the New Year couplets, they can appreciate Chinese calligraphy.
這是象徵孝道，且這指示出人們 對於死者的尊敬 。 This is a symbol of piety, and this indicates that people respect for the deceased.	這是象徵孝道。且這指示出 人們尊敬死者 。 This is a symbol of piety. And this indicates that people respect the dead.
「猴祭」也成為 訓練少年謀生技能和膽識的 重要祭典。 The monkey festival "has become an important festival of the training in the juvenile life skills and courageous.	該少年們 接到訓練，在生存的技能和勇氣， 上該猴祭典。 The teenagers received training in survival skills and courage on the monkey festival.
想生男孩的婦女 ，會到廟宇懸掛的燈排下「鑽燈腳」。 Women like a boy, to a temple	當婦女們想生一兒子 ，她們將會散步，在燈籠之下，在一廟宇。 When women want to have a son,

hanging lights Paixia the drill light feet.	they will take a walk under lanterns in a temple.
當天也會請 一位生肖屬龍的 男孩，在新房床上翻滾。 Also a Lunar New Year is the dragon boy the same day, in the new house bed roll.	一件事必須做，上結婚那天。一位男孩會被邀請去翻滾在床上。 他必須是出生在龍年 。 One thing must be done, on the wedding day. A boy would be invited to roll in bed. He must be born in the Year of the Dragon.

漢語偏用左側形容詞片語，英語則相反；為了消除此差異，可將左側修飾詞改寫成其它表述。

例三：每一子句使用 SVO/X 結構

（Use of the SVO/X structure, not topic-comment）

非控制性漢語及英語機譯	控制性漢語及英語機譯
大都是 祈求男嗣以便傳宗接代。 Mostly male heir to continue the family line pray.	多數人 祈求一兒子，以繼續家族的姓氏。 Most people pray for a son to continue the family name.
該扇子 繫著 一紅色的信封，有時被繫上紅筷子。 The fan tied with a red envelope, sometimes tied with red	該扇子 是繫著 一紅色的信封。有時它是被繫上一雙紅筷子。 The fan is tied with a red envelope. Sometimes it is tied

59

chopsticks.	with a pair of red chopsticks.
根據一則傳說，在上古時代兩個英勇的兄弟，被稱作" shén tú "和"鬱壘"。 According to a legend, in ancient times the two heroic brothers, called "shén tú" and "Yu Lei."	根據一則傳說，有兩個英勇的兄弟，在上古時代。他們皆被稱為 Shén tú，和 Yù lěi。 According to a legend, there are two brave brothers in ancient times. They are called Shén tú, and Yù lěi.
守喪最重要的是守住孝道精神。 Mourning the most important is the hold filial piety spirit.	該哀悼之目的是去實踐孝道。 The purpose of mourning is to practice filial piety.
帶孝期間不參加婚喪喜慶。 Mourn not to participate during weddings or funerals.	當父親或母親去逝時，孩子們不是被允許去參加社交活動。 When the father or mother died, the children were not allowed to participate in social activities.

上方第四個例句中，「守喪」是話題（topic），「最重要的是守住孝道精神」是評論，所以需將整句改成 SVO 句構：「該哀悼之目的」（主詞）＋「是」（動詞）＋「去實踐孝道」（受詞/不定詞片語），如此一來，其英語機譯才會正確。又於第五個例句中，「帶孝期間」是話題，「不參加婚喪喜慶」是評論，所以我們需要將整句改成「當」（連接詞）＋「父親或母親」（主詞1）＋去逝（動詞1）時，「孩

子們」（主詞 2）＋「不是被允許」（動詞 2）＋「去參加社交活動」
（不定詞片語/受詞 1），才符合 SVO 句構。

例四：使用「被」字表達被動式
（ **Use of "*bei*" to show passive voice** ）

非控制性漢語及英語機譯	控制性漢語及英語機譯
家屬會準備出許多祭品，且他們將會邀法師念誦佛經。 The family members will prepare a lot of sacrifice, and they will be invited Master recite Buddhist scriptures.	家屬會準備許多供品，且一道教法師會被邀請來念誦佛經。 The family will prepare many offerings and a Taoist Master will be invited to recite Buddhist scriptures.
後來，全國的人民開始跟隨劉的做法，且這習俗就流傳下去。 Later, people the country began to follow the practice Liu, and this custom to be handed down.	後來，全國的人民開始跟隨劉的做法。且這習俗就被流傳下去。 Later, the people of the country began to follow the practice of Liu. And this custom was handed down.
他們請祖靈在新的一年繼續庇祐族人。 They ancestral spirits to continue blessing of the tribe in the new year.	祖靈將被要求以保祐該部落在新的一年裡。 Ancestral spirits will be asked to bless the tribes in the new year.

由於保育的觀念，現今已改用草紮的猴身來代替真猴。 Since the concept of conservation, and now has to switch to a the grass bundle of monkey body instead of the true monkey.	由於保育是被重視，他們使用草猴，以取代真正的猴子。 Since conservation is being taken seriously, they use grass monkey to replace the real monkey.

上述例句中，顯示若未使用被動式，其英語機譯文法將不正確，語意亦不清楚。但有時「被」字省略，亦不會影響機譯之正確性。

例五：表時間或地點之介片，置於句首或句尾

（ **Use of a time/place PP at the initial or final position of a sentence** ）

非控制性漢語及英語機譯	控制性漢語及英語機譯
另一種方式就是在分娩日後的十日內，讓該產婦女人吃豬肚。 Another way is to let the maternal woman in childbirth after ten days, eating pig stomach.	另一種方式就是，讓該產婦女人吃豬肚，在分娩日後的十日內。 Another way is to let the maternal woman eat pig stomach, in ten days after childbirth.
從那時起，上清明節，劉一直祭拜他的父母。 Since then, the Ching Ming, Liu has been worshiped his parents.	從那時起，劉一直祈禱向他的父母上清明節。 Since then, Liu has been praying to his parents on the Qingming

	Festival.
最盛大的聯合豐年祭是在元旦舉行。 Joint biggest harvest festival is held in the New Year.	該最盛大的聯合豐年祭是舉行，上元旦。 The biggest joint harvest festival is held on New Year's Day.

三、文法相關之書寫原則

　　除了上述詞彙及句法規則外，一般歐語表述，習慣將表示時間或地點的介片置於句首或句尾；如此，其機器英譯之文法將更臻正確。其它文法需注意的秘訣和細則包括： 1）使用冠詞及量詞；2）使用「以」表不定詞，銜接兩個動詞；3）使用所有格，如「她的」、「我們的」；4）使用連接詞銜接兩個子句；5）動詞前使用「皆」字，表示名詞是複數（視情形而定）；6）使用時態標示詞來說明各種動詞時態，如動詞後增加「了」、「過」或動詞前增加「當時」以表示過去式；使用「將」或「將會」表示未來式；7）使用「該」字表示指稱詞"the"；8）於動詞前加上助動詞，如「可以」、「將」，使其動詞機譯文法正確；9）被動式有主事者時，應置於句尾，且前方加「由」。以下使用數例說明之。

例一：使用不定冠詞及量詞
（**Use of an article/quantifier**）

非控制性漢語及英語機譯	控制性漢語及英語機譯
據傳說，the Duke of Zhou 要求了白虎惡魔去傷害 the Peach Blossom Girl，在她結婚當天。 According to legend, the Duke of Zhou demanded the white tiger demon to hurt the Peach Blossom Girl on her wedding day.	根據一則傳說，the Duke of Zhou 要求了一個白虎惡魔去傷害 the Peach Blossom Girl，在她結婚當天。 According to a legend, the Duke of Zhou demanded a white tiger demon to hurt the Peach Blossom Girl on her wedding day.
她是不僅能夠享受奢華的生活，而且也能夠帶來好運給娘家。 She is not only able to enjoy luxury of living, but also to bring good luck to her family.	她是不僅能夠享受一奢華的生活，而且也能夠帶來好運給娘家。 She is not only able to enjoy a luxurious life, but also to bring good luck to her family.
這些墓紙是有黃、白或五色。 Tomb paper is yellow, white or colored.	這些墓紙是有黃、白，或五種顏色。 Tomb paper is yellow, white, or five colors.
雞是由新娘的母親準備。該雞會被放在籃子裡。	兩隻雞會被放在籃子裡。

<u>Chicken</u> is prepared by bride's mother. The chicken will be placed basket.	<u>One pair of chicken</u> are all prepared by the bride's mother. Chickens will be placed in the basket.

值得注意的是，由於 Google Translate 藉由使用者「公民力量與智慧」的奉獻，其內建語料庫日趨龐大，故即使未加冠詞的句子英譯有時也會出現 "a"。例如：「他們相信好名字將會帶給孩子美好未來」之機器英譯爲：*They believe that the good name will give the children a better future.*

例二：使用「以」或「去」表不定詞
（**Use of "yi" to connect two clauses**）

非控制性漢語及英語機譯	控制性漢語及英語機譯
第三個原因是：一歡樂的氣氛可以幫助新娘熟悉新環境。 The third reason is: a convivial atmosphere can help the bride <u>familiar with</u> the new environment.	第三個原因是：一歡樂的氣氛可以幫助新娘以熟悉新環境。 The third reason is: a convivial atmosphere can help the bride <u>to become familiar with</u> the new environment.
一位女孩必須賣扇子維生。 A girl must sell fan <u>living</u>.	一位女孩必須賣扇子以維生。 A girl must sell fans <u>to survive</u>.

如上所述，目前 Google Translate 語料庫日益龐大，所以不使用「以」，其機器英譯也會出現 "to"。例如：「在生育之後，女子會使用產後照顧吃營養的食物」之機器英譯為：*After giving birth, the woman will use post-natal care* to *eat nutritious food.*

例三：使用所有格
（**Use of the possessive case**）

非控制性漢語及英語機譯	控制性漢語及英語機譯
不健康的母親將無法照顧孩子。從而，"zuo yuezi" 被用來保持母親的健康。 The unhealthy mother will not be able to care for <u>their children</u>. Thus, "zuo yuezi" is used to maintain the health of the mother.	不健康的母親將無法照顧她的孩子。從而，"zuo yuezi" 被用來保持母親的健康。 The unhealthy mother will not be able to take care of <u>her child</u>. Thus, "zuo yuezi" is used to maintain the health of the mother.
從那時起，劉將祭拜父母，就在清明節時。 Since then, Liu will worship <u>parents</u>, on the Ching Ming Festival.	從那時起，劉將祭拜他的父母上清明節。 Since then, Liu will worship <u>his parents</u> on the Ching Ming Festival.
相反，新娘會是被虐待當嫁妝是非常少。 In contrast, the bride will be	相反，新娘會是被虐待當她的嫁妝是非常少。 In contrast, the bride will be

abused when <u>dowry</u> was very small.	abused when <u>her dowry</u> was very small.

漢語為語意導向語言，西方語言則為文法導向語言，所以名詞前需加上指示詞或所有格，方可提升機器譯文之正確性。

例四：使用連接詞或轉折詞
（Use of conjunctions or transitional words）

非控制性漢語及英語機譯	控制性漢語及英語機譯
在第三天，丈夫送妻子回娘家，想要與她離婚。 On the third day, husband sent his back to her parents <u>want to</u> divorce her.	在第三天，丈夫想要與妻子離婚。所以，丈夫送妻子回娘家。 On the third day, the husband wants to divorce his wife. <u>So</u>, the husband sent his wife back to her parents.
為了保護胎兒，孕婦不能做某些事情，這恐怕會冒犯胎神。 In order to protect the fetus, pregnant women can not do certain things, <u>I am</u> afraid this will offend a child of God.	為了保護胎兒，孕婦不能做某些事情。否則胎神可能被冒犯。 In order to protect the fetus, pregnant women can not do certain things. <u>Otherwiese</u> the child of God may be offended.
這些行為的目的主要是要確定死者是不是在暫時休克。 The main purpose of these acts is	這些行為的目的主要是要確定是否死者是不是在暫時休克。 The main purpose of these acts is to

to determine <u>the deceased</u> was not in the temporary shock.	determine <u>whether the deceased</u> was not in the temporary shock.
祭祖的人往往會把神主牌當作祖先的化身，<u>認爲</u>祖先的靈魂就在神主牌。 Ancestors who often pass the ancestral card <u>as</u> the incarnation of the ancestors that the soul of the ancestors in the ancestral brand.	牌位經常被視爲祖先的化身。 且臺灣人認爲祖先的靈魂是被藏在牌位。 Tablets is often regarded as the incarnation of their ancestors. <u>And</u> Taiwanese believe that ancestral spirits are hidden in the tablets.
人們認爲吃豬肚即可以換肚。 People eat pig stomach <u>that can</u> change the belly.	人們認爲若是他們吃豬肚，他們即可以換肚。 People think that <u>if</u> they eat tripe, they can change the belly.

上述第一例句中，我們使用一轉折詞以銜接兩個句子；第二例句中，我們使用一連接詞以銜接兩個子句；第三例句中，我們使用一連接詞以銜接一個子句，作爲動詞的受詞。一般而言，漢語習以逗號或頓號代替連接詞，但控制性漢語書寫時，必須添加連接詞，乃是爲了方便譯成歐語，文法才會正確。

例五：使用助動詞以利機譯文法正確

（Use of auxiliary verbs for grammatical accuracy）

非控制性漢語及英語機譯	控制性漢語及英語機譯
檳榔與小米酒被送給彼此。 In addition, betel nuts and millet wine is sent to each other.	檳榔與小米酒將會送給彼此。 In addition, betel nuts and millet wine will be sent to each other.
出發前，部落長老幫助少年穿上藍色布裙。 Before departure, the tribal elders to help teenagers wearing blue sarong.	在出發之前，部落長老將會幫助少年穿上該藍色短裙。 Before departure, the tribal elders will help teenagers to wear the blue skirt.
Handan 作一巡視，在大街小巷。 Handan make a patrol in the streets.	Handan 將會作一巡視，在大街小巷。 Handan will make a patrol in the streets.

目前 Google Translate 仍無法每次皆正確譯出單數主詞的動詞（必須加 "s"或 "es"），所以我們使用控制性漢語書寫時，可善用助動詞，如「可以」（can）或「將會」（will），使英語機譯的文法正確。

例六：在動詞前使用「皆」字，表示名詞是複數
（Use of "jie" for subject-verb agreement ）

非控制性漢語及英語機譯	控制性漢語及英語機譯
一對雞是由新娘的母親準備。 One pair of chicken prepared by the bride's mother.	一對雞皆是由新娘的母親準備。 One pair of chicken are all prepared by the bride's mother.
這一群年輕人來自於相同的鄉鎮。 This group of young people from the same town.	這一群年輕人皆來自於相同的鄉鎮。 This group of young people are from the same town.

MT 系統無法由主詞判斷單或複數動詞，所以控制性語言書寫時，需於動詞前添加「皆」字。但現機譯系統已進步許多，有時在 be－動詞前不添加「皆」字亦有正確的英譯（are）出現；如一句中文「兩個中文字，燈與丁是相似，在他們的閩南語發音」可譯成 *Two Chinese characters, light andD are similar in their Hokkien pronunciation.*

例七：使用時態標示詞說明各種動詞時態
（Use of time markers to show various verb tenses）

非控制性漢語及英語機譯	控制性漢語及英語機譯
許多的台灣人是很感激，向 Zheng, Cheng-gong，為下列的原因。	在台灣，Zheng, Cheng-gong 當時被感激，由許多人們，為下列的原因。

Many Taiwanese <u>are</u> very grateful to Zheng, Cheng-gong, for the following reasons.	In Taiwan, Zheng, Cheng-gong <u>was being appreciated</u> by many people for the following reasons.
古代人認為如果一個婦女是懷孕，胎兒神將保護未出生的嬰兒。 Ancient people believed that if a woman <u>is</u> pregnant, the fetus that God <u>will</u> protect the unborn baby.	古代人相信如果一個婦女當時是懷孕，胎兒神當時能保護未出生的嬰兒。 Ancient people believed that if a woman <u>was</u> pregnant, the fetus God <u>was able to</u> protect the unborn baby.
為該盛事，人民建造一壯麗的王船。且很多人參加此盛事，從不同的地方與寺廟。 For the event, the people <u>built</u> a magnificent royal ship. And a lot of people <u>to participate in</u> this event, from different places and temples.	為該盛事，人民曾建造一壯麗的王船。且很多人參加了此盛事，從不同的地方與寺廟。 For the event, people <u>had built</u> a magnificent royal ship. And a lot of people <u>participated in</u> this event, from different places and temples.
因為時代的變遷，嫁妝的意義也改變了。 Because of the changing times, the significance of the dowry <u>changed</u>.	因為時代的變遷，嫁妝意義已經改變了。 Because of the changing times, the dowry significance <u>has changed</u>.
該當地政府強調貿易及文化	該當地政府強調過貿易及文化

71

教育。	教育。
The local government <u>emphasis on</u> trade and cultural education.	The local government <u>emphasized</u> trade and cultural education.
一些廟宇 被建造 以紀念鄭成功。 Some temples <u>were built</u> in honor of Zheng Chenggong.	一些廟宇 經常被建造 以紀念鄭成功。 Some temples <u>are often built</u> to commemorate Zheng Chenggong.

基本上，漢語動詞本身無時態變化，所以須依賴一些標示詞來表明時態。目前 Google Translate 會將「當時是」英譯成 "was"，「當時能」為 "was able to"，使用「經常被…」表示現在式被動式，而使用「被…」表示過去式被動式。此外，為表示過去式動詞，可於一般動詞後添加「過」或「了」，如「強調過」英譯成 "emphasized"。若表示過去完成式動詞，可於動詞前添加「曾」。若表示現在完成式動詞，可於動詞前添加「已經」。

例八：使用「該」字表示定冠詞 "the"
（ **Use of "gai" to show "the"** ）

非控制性漢語及英語機譯	控制性漢語及英語機譯
兩隻雞 會被放在籃子裡。然後，一新娘的伴娘會攜帶 籃子 到新郎的家，並把 籃子 放在床底下。 <u>Chickens</u> will be placed <u>basket</u>.	該 兩隻雞會被放在一籃子裡。然後，一伴娘是被要求去攜帶 該 籃子到新郎的家。且 該 籃子將會被放置在床底下。 <u>The chickens</u> will be placed in a

Then, a bridesmaid carry <u>a basket</u> to the groom's house, and put <u>the basket</u> on the bed.	basket. Then, a bridesmaid is asked to carry <u>the basket</u> to the groom's house. And <u>the basket</u> will be placed under the bed.
湯圓、粿、粽會被送親戚和好友以通知 孩子 已經長大。 Rice balls, cakes, dumplings will be sent to relatives and friends to inform <u>children</u> have grown up.	湯圓、粿、粽會被送親戚和好友，以通知他們 該孩子 已經長大。 Rice balls, cakes, dumplings will be sent to relatives and friends to inform them that <u>the children</u> have grown up.
成年典禮 主要是相關於「七娘媽」。 <u>Adult ceremony</u> is mainly related to the "Qiniangma".	該成年典禮 主要是相關於「七娘媽」。 The adult ceremony is mainly related to "Qiniangma".

漢語的名詞前無須添加定冠詞 "the"，但英語的名詞前必須添加定/不定冠詞，文法才會正確。於上例中，若使用「該」字，則其英語機譯會是 "the"。

例九：於被動式主事者時前方加「由」，並放置在句尾

（ **Use of "by" and placed at the end of a sentence** ）

非控制性漢語及英語機譯	控制性漢語及英語機譯
"Guazhi" 表示該墓已被清掃過。且該祖先一直被後代子孫膜拜。 "Guazhi" is the tomb has been cleaned before. And the ancestor worship has been posterity.	"Guazhi"表示該墓已被清掃。且該祖先被膜拜，由他們的子孫。 "Guazhi" indicates that the tomb had been cleaned. And the ancestors were worshiped by their descendants.
此豐年祭一直是八個部落來舉辦。 This harvest festival has been held eight tribes.	此豐年祭一直是被舉辦由八個部落。 This harvest festival has been organized by the eight tribes.

　　綜而言之，雖然漢語句子往往省略介詞「在」/「於」/「在…之間」等之文法註記詞（grammar markers），而讀者仍能瞭解其意，但其歐語機譯的文法常有錯誤；所以書寫控制性文本時，必須將所有的文法單位寫出來，方能產生較正確的機器譯文。

四、語用相關之書寫原則

除了詞彙、句構、文法，我們仍需注意語用層面之控制性漢語書寫通則，包括：1）使用西方的語言表述方式；2）將慣用語及文化用詞，如：神明、節日名稱、民俗活動、節慶儀式、人名、食物、地名等直接以英文呈現；3）將文本累贅冗長描述精簡濃縮；4）刪除迷信或令西方讀者不悅的描述。

例一：使用西方語言表達方式

（**Use of western conventional expressions**）

非控制性漢語及英語機譯	控制性漢語及英語機譯
謝天公 的成年禮有兩種說法：一是在結婚時拜謝，一是在正月初九，天界最高神祇「玉皇大帝」的誕辰。 Xie Tiangong rite of passage in two different ways: the Bese marriage, one in the ninth day of the first month, the highest gods of heaven "Jade Emperor's birthday.（X）	一「謝天神」的儀式是被舉行，爲兩個原因：1）以感謝神明，在結婚前；2）以慶祝玉皇大帝的生日 （一月九日在陰曆）。 A "thank god" ceremony is held for two reasons: 1）to thank the gods before marriage; 2）to celebrate the birthday of the Jade Emperor（9 January in the lunar calendar）.
他很會說故事。 He was to tell a story.（X）	他是一位很棒的講故事的人。 He is a great storyteller.

大部份嫁妝是實用的物品。 Majority of dowry practical items. （X）	嫁妝主要是實用物品。 The dowry is primarily practical items.
如果一位未婚女性不幸死掉，她的家人會用冥婚的方法，以讓死者結婚。 If an unmarried female unfortunately died, her family will use the method of ghost marriage, let the dead marriage.（X）	如果一位未婚女子不幸死掉，她的家人會找一個丈夫為她，透過該冥婚。 Unfortunately, if an unmarried woman died, her family will find a husband for her, through the ghost marriage.
同時他們也表達感謝親友來弔唁。 At the same time, they also express thanks to family and friends to offer condolences.（X）	同時他們也感謝親友，為他們的弔唁。 They also thank friends and relatives for their condolences.
有些人們祭拜床神在嬰兒出生後三天、六天、十二天，或一個月。 Some people worship bed God in three days after the baby was born, six days, twelve days, or a month.（X）	有些人們祭拜床女神，三天、六天、十二天或一個月，在嬰兒出生之後。 Some people worship the bed goddess, three days, six days, 12 days or a month, after the baby is born.
新郎被要求嫁入新娘的家庭，以延續血脈。	一新郎被要求，去嫁給新娘的家庭。所以，新娘的姓氏可以

	被傳下去。
A groom is required to marry the bride's family <u>to extend blood.</u>（X）	A groom is required to marry the bride's family. Therefore, <u>the bride's surname can be handed down.</u>
爲了 不讓 孕婦 遇上 流產或生出畸形兒 的危難 ，我們 使用這個儀式來安撫孕婦心中的不安 。 Pregnant women <u>in order to prevent miscarriage or give birth to deformed children</u> encounter the danger, <u>we use this ritual to appease the restless hearts of women.</u>（X）	爲 避免 流產或其他意外的事件，我們 跟隨這作法 。孕婦女將會感到安全 。 <u>To prevent</u> miscarriage or other unexpected events, we <u>follow this practice. Pregnant women will feel safe.</u>

於上述第二句中，我們強調英語慣用名詞或名詞片語，所以書寫控制性漢語時，儘量使用名詞或名詞片語來代替動詞或動詞片語。此外，我們發現英語經常使用 thank＋人＋for＋原因的慣用句型，所以書寫控制性漢語時，我們需要使用「感謝＋親友＋爲＋他們的弔唁」句型。又於表達時間用詞時，英語經常使用「日數＋前或後＋事件」，所以書寫控制性漢語時，我們需要使用「三天、六天、十二天或一個月＋在嬰兒出生之後」句型。

例二：將文化用詞直接以英文呈現

（**Use of the English presentations of cultural references**）

非控制性漢語及英語機譯	控制性漢語及英語機譯
十一月十五日（根據陰曆）是 三王公 誕辰。 November 15（according to the lunar calendar） is the birth of <u>the three kings</u>.（X）	"San-Wanggon"誕辰是十一月十五日（根據陰曆）。 The "<u>San-Wanggon</u>" birthday is November 15（according to the lunar calendar）.
做月子 是維持產婦健康的一種作法，在分娩後的第一個月內。 <u>Doing the Month</u> is a practice of maintaining maternal health, within the first month after delivery.（X）	"Zuo yuezi" 是維持產婦健康的一種作法，在分娩後的第一個月內。 The "<u>Zuo yuezi</u>" is a practice of maintaining maternal health, within the first month after delivery.
此習俗可以追溯到南北朝時期，且它被記錄在 顏氏家訓 。 This custom can be traced back to Northern and Southern Dynasties, and it is recorded in <u>Family Instructions</u>.（X）	此習俗可以追溯到南北朝時期。且它被記錄在 *Yan Shi Jia Xun*。 This custom can be traced back to the Northern and Southern Dynasties. And it is recorded in *Yan Shi Jia Xun*.
八卦 可以保護新娘免於傷害或運氣不好，這可能會進一步	Eight trigrams 可以保護新娘免於傷害或運氣不好，這可能會

影響丈夫的家庭運氣。 Gossip can protect the bride from injury or bad luck, which may further affect husband's family luck.（X）	進一步影響丈夫的家庭運氣。 Eight trigrams can protect the bride from injury or bad luck, which may further affect husband's family luck.
最後，這一年成了人人皆害怕的 孤鸞年 。 Finally, this year became the solitary luan years everyone is afraid of.（X）	最後， the Widow Year 是被視爲不幸運的，爲婚姻。 Finally, the Widow Year is considered unlucky for marriage.

人名、稱號及廟宇名稱，不適合逐字意譯，建議直接採用英語對等詞；若西方文化出現對等詞空缺時，可直接採用音譯，如此一來，可減少荒謬怪誕的譯文產生。

例三：將文本累贅冗長描述精簡濃縮
（**Use of concise presentations**）

非控制性漢語及英語機譯	控制性漢語及英語機譯
對於達悟人而言，一漁船 不僅 只是 一個生存工具， 還是 財富的象徵。（30 字） For the Tao, a fishing boat is <u>not only</u> a survival tool, <u>or</u> a symbol of wealth.（X）	對於達悟人而言，一漁船 是 一個生存工具 及 財富的象徵。（25 字） For the Tao, a fishing boat <u>is</u> a survival tool <u>and</u> a symbol of wealth.

在當天的喪禮，新娘會穿著婚紗，並且會坐在一輛轎車裡到新郎家，然後加入了哀悼。 （38字） On the day of the funeral, the bride wearing a wedding dress, and sitting in a car to the home of the groom, and then join the mourning.（X）	上喪禮當天，新娘將會搭一花轎到新郎家。然後她將會出席葬禮。 （29字） On the funeral day, the bride will take a palanquin to the groom's family. Then she will attend the funeral.
新娘哭泣是表示對娘家一種依依不捨的情懷；舊時交通不便，女子出嫁後與家人見面的機會微乎其微，遠離自己生長的家庭嫁到另一陌生的環境，由於不捨、愁慮，自然會傷心哭泣。（80字） Bride crying is a very fond memories of her parents feelings; inaccessible old, little married women the opportunity to meet with their families, away from his growing family married into another strange environment, dismay, is worried about, it will naturally cry.（X）	在舊時代，因為交通不便，女子不可以時常地看見她的父母，在結婚之後。所以，新娘會傷心哭泣。 （44字） In the old days, because of traffic inconvenience, the woman can not often see her parents after marriage. So, the bride will cry.

女孩如果未婚夭折，因為俗信有「厝內無祀姑婆」的說法，因此便無法在祖先的牌位中留名、入祀。（44字） The girl who died unmarried, and vulgar letter saying 'home is no to worship great aunt ", so they can not be in the ancestral tablets of unnamed Rusi.（X）	當一位女子死去很早且未婚，她的家人不可以祭拜她，在家裡。 （28字） When a woman died early and unmarried, her family can not worship her at home.

左側自然漢語句子的描述較冗長，不適合機譯，亦不受網頁讀者（尤其是西方讀者）喜愛，故建議採用精簡描述，以清楚傳達訊息。

例四：刪除迷信或令西方讀者不悅的描述

（**Deletion of redundant messages, vulgar and superstitious descriptions**）

非控制性漢語及英語機譯	控制性漢語及英語機譯
臺灣人相信：新娘哭得越大聲，未來的生活也就越幸福，能夠榮華富貴一生，並且也越旺娘家方面的運勢。若是新娘不哭泣，她會被視為不孝。（不人道） Taiwanese believe: the bride cried	臺灣人相信愈哭泣會導致愈好的命運，及一愈快樂生活，且新娘家也會變得更幸運。 Taiwanese believe more crying

louder, more happy future life, able to wealth and status life, and more prosperous maiden fortune. If the bride does not cry, she will be regarded as lack of filial piety.	will lead to the better fate, and a more happy life, and the home of the bride will become even more fortunate.
長命鎖的存在，可視爲父母愛護兒女、害怕失去兒女的表現。這也以可看出人對於不可知事物所存在的恐懼感，因爲不知道生命爲何如此脆弱，所做出的因應之道。（太累贅） The longevity lock exists, can be regarded as their parents take good care of their children, and fear of lost their children's performance. This also can be seen that the fear of the unknowable things, because they do not know why life is fragile, made in response to the Road.	該長命鎖是被發明，因爲父母愛護兒他們的孩子，且他們害怕失去兒女。 The longevity lock was invented because the parents care for their children, and they are afraid of losing their children.
以往台灣社會多以務農爲主，生活並不富裕，每天除了工作，他們沒有太多娛樂消	在過去，台灣是一農業社會。且許多人不是很富裕。他們不可以養很多孩子。所以他們的

遺。晚上，他們沒事做，他們就從事生育，孩子的數目是很可觀的，一般的家庭負擔不起，權衡之計便是分給家境優渥的人家認養。（過時不合宜）	孩子是被領養由有錢人。
Taiwan in the past mostly farming community-based, life is not rich, in addition to work every day, they do not have much entertainment. At night, they do nothing, they will engage in fertility, the number of children is very considerable, the average family can not afford, is to weigh the interest of the people and give generous family adoption.	In the past, Taiwan is an agricultural society. And many people are not very wealthy. They can not raise a lot of children. So their children are adopted by the rich.

五、技術相關之書寫原則

　　此外，為了使機譯系統易於辨識不同的語言單位，可添加引號或使用逗號，如專有名詞可添加引號，而於地點、時間介片前或後可加上逗號，以顯示不同語段。另外，表時間或地點之介片，置於句首或句尾為佳，勿置於句中；特殊介詞直接模仿英文書寫，這些皆可被看做技術層面之通則，以下以數例說明之。

網頁書寫新文體
——跨界交流「快譯通」

例一：使用「即」表示指示詞
（Use of "ji" to mean "that"）

非控制性漢語及英語機譯	控制性漢語及英語機譯
它是一普遍的做法，新婚夫婦將會拜訪新娘的父母，在結婚後的第三天。 It is a common practice, the newlyweds will visit the bride's parents, on the third day after the wedding.（X）	它是一普遍的做法，即新婚夫婦將會拜訪新娘的父母，在結婚後的第三天。 It is a common practice that the newlyweds will visit the bride's parents, on the third day after the wedding.
該豐年祭可以教導我們老人及賢人必須被尊敬。 The Harvest Festival can teach our elderly and wise men must be respected.（X）	該豐年祭可以教導我們即老人及賢人必須被尊敬。 The Harvest Festival can teach us that the elderly and the wise men must be respected.
父母會許願男孩子能夠平安順利長大到成年結婚。 Parents will be wishing the boys to be able to grow up to adulthood safely and smoothly marriage.（X）	父母將會祈禱即他們的小孩能夠平安地長大，且結婚。 Parents will pray that their children can grow up in peace and get married.
該媒人將會告訴新娘的家人新郎父母的死亡。 The matchmaker will tell the	該媒人將會給新娘的家人一則訊息即新郎的父母死了。 The matchmaker will give the

families of the bride and groom's parents <u>died.</u>（X）	bride's family a message <u>that</u> the groom's parents died.

子句當做動詞的受詞或名詞的同義複詞時，可加上「即」字，則英語譯成"that"。但漢語「意謂」及「相信」的機器英譯會自動產生連接詞 "that"，所以「意謂」及「相信」後面不需加上「即」字。

例二：使用逗號分隔不同的語言單位
（**Use of commas to separate different linguistic units**）

非控制性漢語及英語機譯	控制性漢語及英語機譯
一座花轎是被抬起，且然後新娘拋出一把褶扇及一條手帕 從 轎窗。這是被稱為 "dropping the fan"。 A palanquin is lifted <u>from the car window</u> and then the bride throws a pleated fan and a handkerchief.This is called "dropping the fan".（X）	一座花轎是被抬起，且然後新娘拋出一把褶扇及一條手帕 ， 從轎窗。這是被稱為 "dropping the fan"。 A palanquin is lifted, and then the bride throws a pleated fan and a handkerchief <u>from the car window</u>. This is called "dropping the fan".
生育娘娘、臨水夫人 及 觀世音皆是負責女性的生育。 Fertility Goddess, Goddess of Water Madame and female fertility are all responsible.（X）	生育娘娘、臨水夫人 ，及 觀世音皆是負責女性的生育。 Fertility Goddess, Water Madame, and Avalokitesvara are all responsible for female fertility.

根據歷史記載，若小孩子是時常生病，他的父母會 從 100 家庭借錢。 According to historical records, if the child is often sick, his parents from 100 families <u>to</u> borrow money.（X）	根據歷史記載，若小孩子是時常生病，他的父母會借錢， 從 100 家庭。 According to historical records, if the child is often sick, his parents will borrow money <u>from</u> the 100 family.

上述表格中，逗號可以幫助區隔不同的語言單位，所以機器翻譯系統才不會將他們混在一起，產生錯誤譯文。

例三：以「上」表介詞或加詞處理特殊介詞片語
（**Use of "shang" to mean "on" or adding words**）

非控制性漢語及英語機譯	控制性漢語及英語機譯
如果家裡有一 16 歲以下的小孩，該孩子的母親會去祭拜 the Bed Goddess，在七夕。 If the family has a child under the age of 16, the child's mother would go to worship the Bed Goddess, <u>the Tanabata.</u>（X）	如果一家庭有 16 歲下的小孩，母親會祭拜 the Bed Goddess， 上七夕。 If a family has a child under the age of 16, the mother will worship the Bed Goddess, <u>on Tanabata.</u>
在孩子的第一個生日，家長會準備各式各樣的食物品。 <u>In</u> the child's first birthday,	上孩子的第一個生日，家長會準備各式各樣的食物品。 <u>On</u> the first birthday of the child,

parents will prepare a variety of food items.（X）	the parents will prepare a variety of food items.

值得注意的是，累積更多的翻譯語料後，Google Translate 變得愈來愈聰明，有時不需使用定冠詞「該」、不定冠詞「一」、副詞「皆」或「都」（表複數之動詞）及不定詞「以」，仍可產出正確英語譯文。如：「該祭典教導人們尊敬老人及賢明人士」中未使用「去」，但其英語機譯會自動出現英語不定詞 "to"，如：*The festival teaches people to respect the elderly and wise person*。但遇到「允許 XX 去做 XX 事情」時，「去」（to）字仍需保留。此外，不需使用「被」字，亦可顯示被動式，如：「這兩塊板子皆擺放在門旁邊。」其英語機譯為：*The two boards are placed next to the door*。儘管如此，為了求得正確的多國語言翻譯，筆者建議仍遵循上述書寫規則，較為安全。

肆、結語

在現今網路世界，若我們使用控制性漢語或網路 e-語言來書寫網頁文本，再透過線上翻譯系統將網頁文本譯成明白易懂的多語文本，則不同國籍人士可直接透過機譯去擷取各種不同資訊時，達成跨國/界資訊溝通之效益。不過要注意的是，如前所述，書寫此種網路新語言必需去除地方語言之特殊性，如將漢語文化套詞、成語或俚語改寫成一般通用詞語，但此舉勢必會遭受反對者之指責（剝奪

了漢字之美）。另一方面，爲了方便線上機譯系統正確處理某些專有名詞，我們不得不直接以英語音譯表達，如：節慶儀式、人名、地名、神明及文物等，但如此一來，亦必有人質疑西化漢語或歐化中文的正當性，就有如當年反對白話文人士大力抨擊新型語言的合宜性一樣。這些反對人士往往強調文言文表述精簡、不繁複，具有文學美感，但使用白話文創作已摧毀了文學之美（耿云志主編，頁196-197；引自陳伯軒，2011，頁375）。胡適針對此論點，辯稱：「美就是懂得性（明白）與逼人性（有力）二者加起來自然發生的結果」（季美林編，2003，頁208）。在胡適的眼中，白話文明白通達就是文學美的來源，若一部文學作品表述不清不楚，讀者根本無從瞭解其內容，遑論能進入審美階段？所以胡適的文學觀，主張文字理解層面伴隨著美學欣賞，兩者不可切分。文學作品若無法清楚描述，則無法刻劃、彰顯文學動人之美。無論如何，胡適認爲明白、清楚乃是創作文學的必要條件，而白話文即是達此目標的有效工具。其次，胡適認爲白話文接近口語，民眾較易理解，更突顯白話文字的經濟性。他曾言：「一句文言，懂得的人有十人；一句白話，懂得的人有千萬人；可不是大經濟嗎？」（季美林編，2003，頁273）。

同樣地，若控制性漢語網頁內容之機器譯文能夠清楚傳達資訊，讓更多人容易瞭解其內容，無形中呼應了胡適的「大經濟」理想。其實，控制性漢語書寫之文本是一種仲介文本，其終極目的乃是爲方便線上機譯系統直接轉譯成他國語言，所以控制性漢語並不會造成本地讀者之閱讀困擾。其次，中、英夾雜之語體，正如異族通婚下的混血兒，雖然血源不純正，但其具有提升機譯品質之優勢，其機譯譯文之可讀性及可理解性皆可達中上水平，即可見此新型漢言書寫方式具有跨文化、跨國界溝通之利基。

　　民初胡適、陳獨秀、蔡元培等人之所以提倡白話文，乃是爲了普及教育；他們將白話文此新語言視爲開通民智的利器。現今，筆者建議以控制性漢語書寫網頁，乃是爲了方便線上機譯產出易於溝通之多語譯文，再由網際網路傳輸至更多國家、俾利更多人士閱讀，藉此縮短國與國之間的文化距離，排除「優勢語言」與「弱勢語言」之差別待遇及地位。控制性漢語作爲網頁書寫的新語言，可視爲打造世界零距離理想目標之鑰匙，或許這把鑰匙其貌不揚，但我們在乎的是，它是否能打開通往世界之門，讓我們看清門外景物。若是它確有助於機譯訊息之傳達而達成有效溝通目的，誰又在乎這把鑰匙的面相。若是門內外/國內外文化、資訊能即時通，應該沒人會在乎這語言載體是通俗或高尚、正宗或混種、醜陋或美麗。先不論將來線上機譯系統技術是否會有重大突破，就目前而言，改寫控制性漢語以作爲網頁機譯溝通書寫工具，乃是解決多語翻譯及節省人力成本有效方法之一。

第三章　控制性漢語教與學

壹、前言

　　網路問世後，出版、印刷產業之經營日益不易，網站逐漸凌駕書本及平面印刷品且一躍成為資訊傳播的新通路，網頁也隨之成為資訊交流最方便之媒介，網頁文本也成為大眾閱讀的資料來源。然而，為進一步將資訊傳播至國際世界，我們必需考慮語言改寫、轉換及溝通問題，語言改寫、轉換及溝通亦涉及便利性、準確性與成本等因素。一般而言，語言改寫與轉換方式可憑藉人工翻譯或機器翻譯，但人工翻譯品質常常受譯者能力影響；其次，面臨大量、具時效性或多語翻譯時，又有成本和效率的問題。若我們聘用不同語對的譯者來處理翻譯，花費成本勢必很高。有鑒於此，若是翻譯文本之主要目的不是文學欣賞，而僅是為了傳遞資訊，那我們就可以求助於機器翻譯，以符合成本效益。

　　現今線上自動機器翻譯系統不失為一項可解決跨文化交流之工具。但線上機器譯文之可理解程度仍必須達到一定之水平（80%以上），方能順利達成跨語言溝通之效益。為了改善機譯品質，必須從機器翻譯系統的技術層面著手，如擴充語料庫或採用更精進的統計方法。但這些費時、費力、費成本的工作，非短時間內可完成。快速解決之道唯有改變送入機譯系統之文本書寫方式，亦即是為目標

語量身訂做的控制性語言書寫，方便機譯系統辨識與運作，以提昇多語機器翻譯譯文之品質。目前一些相關文獻（Roturier，2004；Cardey，Greefireld & Wu，2004；O'Brien，2003；Shih，2011）指出：控制性語言，如控制性英語（controlled English/CE），業已証明可改善多語機器翻譯之可讀性和可理解性。然而，目前除了軟體科技公司或大型企業內部自行研發的控制性語言軟體或名為控制性語言檢測器外，市場上尚未見此類軟體。為了普及此種新語言，並應用至網頁書寫，使其大眾化、通俗化，唯有透過各種傳播媒體和教育機制等管道來推動、展開。

當年，白話文運動即是藉由報刊、小說創作及翻譯書籍之大量湧入閱讀市場，才使得白話文運動如火如荼展開。梁啟超的「新民叢報」、林紓的翻譯小說、嚴復的翻譯學術文本及章士釗的政論文章等（引自羅秀美，2004，頁72）皆是家喻戶曉的著作；這些著作、出版品均使用白話文書寫，且不避諱使用俚語、方言、外文原語、句法，使得白話文學革命向前躍進，民眾的口說和書寫方式也就在這種有系統的運作機制下不知不覺、自然而然的蛻變了。因此，若要推廣網頁書寫新語言，自然也可透過公司行號或各種機關團體使用控制性漢語來書寫網頁內容；此外，大專院校亦可開設電腦輔助翻譯（computer-aided translation/CAT）課程，教師教授機器翻譯時，可帶入控制性漢語教學活動，協助大專學生習得此種機譯導向的新語言，改變原先網頁文本書寫方式，進而催化多語機器翻譯的使用，展現機器翻譯輔助跨界資訊交流的功效。

貳、文獻及相關理論

　　筆者建議於 CAT 課堂中教授控制性漢語；網頁新語言書寫原則可參照西方學者的語域理論（the register theory）及格特（Gutt，1990a，1990b，1998，2004）最佳關聯理論（the optimal relevance theory）的觀點作爲基礎。語域意指人們對於特定對象在特定情境下所使用之特定書寫方式和固有的語言形式。在實際環境中，語言活動在不同的情境下發生時，適合不同情境的語言形式必有所差異。許多語言學家，如 Mason & Hatim（1990）及 Martin（1992），皆贊同語域乃是由語言行爲的三個面向組成，包括 1）語場（field）；2）語式（mode）；3）語旨或受眾者（tenor）。不過 Gregory & Carroll（1978）將「語域」定義爲文化社會功能或語言使用之目的；而「語式」意指完成某一種語言活動之媒介或語言符碼特性之表徵。「語旨/受眾者」則指示說者與聽者之間的關係（the relationship between the addresser and the addressee）；通常說者與聽者之間的親近或疏遠關係可透過正式或非正式之語言風格來決定。Halliday（1978，1989）則持有不同的看法，他認爲「語場」意指「社會行爲」，亦是發生的事情；「語旨/受眾者」意指參與者（"who is taking part"）或「參與者之本性、位階及角色」（qtd. in Martin，1992：499），而「語式」意指語言所扮演的角色，或在某一情境下受眾者期待所接收到的語言陳述方式。換言之，「語式」乃是語言溝通的管道，如口說或書寫方式或此兩項之混合方式；藉由不同的陳述管道可達成勸誘、提供訊息、感動讀者或教化等功能。綜上所述，語域理論之內涵乃是載明清楚話語的三個層面，包括：內容/訊息（what）、受眾者/讀者（who）及表達形式/風格（how）。

　　從語域理論的觀點來看，控制性文本書寫方式必須符合線上機譯之傳達模式，同時兼顧不同文化受眾者之背景知識和其所熟悉的網頁訊息溝通方式。若使用線上自動翻譯系統處理多種印歐語言，則來源語文本之用詞和句型必須簡單化、描述扁平化（不使用許多修辭技巧）、物質化（僅使用指涉意義的單字，而非具有隱含意義的詞彙），印歐語系的讀者才不會因文化差異而無法了解機器譯文內容；同時，簡單化內容亦須符合線上溝通模式（電腦介面不傳輸太複雜訊息）；其次，西方讀者也偏好閱讀言簡意賅的內容。

　　另一方面，控制性書寫之溝通觀點係建立在與西方讀者具有「共同認知基礎」（mutual knowledge view）上，此概念與格特關聯理論明顯有異曲同工之妙。關聯理論乃係語用學領域中的一種認知溝通（cognitive communication）理論，由史帕伯（Sperber）及威爾森（Welson）（1986/1995）提出，後來格特（1998）將此理論引介至翻譯研究領域，並從認知觀點來解釋一些翻譯現象。關聯理論中，「最佳關聯」（optimal relevance）和「背景知識效果」（contextual effect）乃係最基本的概念（qtd. in 史，2010）。史帕伯及威爾森（1986/1995）於討論語言溝通之際，表示人類的認知乃是建立在強化的關聯上（the maximization of relevance），因為任何話語均盼望從閱聽者端產生一些關聯，強化關聯現象即是最佳關聯，而非最大關聯（maximal relevance）。根據格特（1998）之論述，閱聽者不需費力解讀（without unnecessary efforts）就能從說者之話語中找到一些關聯，進而瞭解話語之意義，此即為「最佳關聯」。反之，「最大關聯」則是指說者盡可能提供訊息，俾聽者易於詮釋話語文涵意。格特表示，當閱聽者與話語之間產生最佳程度之關聯性時，同時話語亦創造了所謂的背

景知識效果，由此可見「最佳關聯」和「背景知識效果」乃爲一體兩面，關係密切。

依史帕伯及威爾森（1986/1995）所言，"context" 此字非指文本中上下文之內容，其廣義解釋爲閱聽者對於世界週遭環境的相關認知，或更具體而言，乃係閱聽者用來解讀話語意義之背景知識。講演者或說話者若欲與聽眾達到有效溝通、產生最佳關聯，特別需要注意講演或說話內容是否能和聽眾產生聯繫或關聯，如此聽眾才能正確推測其演講目的，並減少處理訊息語意負擔，進而清楚瞭解訊息意涵（qtd. in 史，2010）。

依此類推，將控制性文本書寫方式置於關聯理論框架中，表示我們若欲達到有效溝通目的，譯者可依據目標語（the target language）文化之常規，來改編來源語（the source language）訊息，則譯文與目標語讀者間自然可產生文化背景之關聯性，無形中降低了目標語讀者解讀譯文之負擔，並方便其充分了解俗語或文化相關詞彙所欲傳達之訊息。換言之，當改寫的翻譯訊息與西方讀者之背景知識產生最佳關聯性時，西方讀者愈不需要花太多時間和心力去處理譯文訊息，此乃係背景知識效果之作用，故書寫控制性網頁文本時，應盡量使每個俗語或文化相關詞彙的翻譯與目標語讀者產生最佳關聯性（Wilson，2000）。其次，依格特（1990a，1990b，1998）看法，爲使翻譯達成最佳關聯，過程應找到相似詮釋的立足點，亦即找到讀者與譯者共同擁有之想法和解讀視角。套用格特觀點，讀者與譯者若有相似詮釋（interpretative resemblance），則表示他們對於訊息外顯和內涵意義（explicatures and implicatures）解讀相同。當譯者對於來源文本（the source text）之解讀與讀者對於目標語文本（the target text）之解讀愈相似，則表示他們對於訊息內涵及外顯意義之看法愈雷同（qtd. in 史，2010）。

　　有鑑於此，為達有效溝通目的，譯者會儘量設法導引原文與讀者知識背景產生關聯。畢竟，現實生活裡，大多數讀者都不願意承擔解讀錯誤或扭曲原文之風險，故於閱讀過程中，往往會藉由自己最熟悉且最有把握的方式來處理文本訊息，以了解其真正意涵。行文至此，吾等可確定：譯者若欲達到有效溝通目的，便需促使譯文與讀者之間產生最佳關聯，所以，我們於書寫控制性文本過程中，必須改寫四字片語、成語或其他文化相關詞彙，以淺白之通用語或表述來呈現其意義，或是直接以英語書寫一些文化相關詞彙和表述，以增進多語機器譯文之正確性。

參、三階段控制性語言教學法

　　控制性語言教學可建置在語域理論及文化關聯理論的基礎上，此意謂語言教師傳授控制性語言書寫時，必須提醒學生注意語域相關要素和受眾者之文化背景。語域層面之考量可包括傳播媒介（how）、資訊文本功能（what）及受眾者（who）之期待與需求。例如介紹台灣民俗節慶網頁的主要目的即是傳播在地文化資訊給大眾讀者，而使用 MT 系統將其譯成多國語言時，則是希望藉此媒介快速傳輸（how）及宣揚本地文化給國際人士（who），同時也盼望各國人民可透過其認識或熟悉的語言來閱讀、擷取網路上的資訊（what）。換言之，作為一個網頁書寫者，不能不考慮傳播媒介 MT 系統功能的侷限性。其次，從文化關聯理論的觀點來看，我們亦須

考慮外國讀者的文化背景知識與本地文化的差異性。綜合這些要素，我們需加以彙整、分析、折衝及平衡，再定論如何將自然語言改寫成成爲控制性漢語。

於詞彙方面，我們可將詞彙之語意扁平化，限定每一詞彙僅能表示一個明確的意義，絕無模擬兩可的空間。其次，爲了顧及多語翻譯，語法與句構絕不能採用原語的傳統方式，必須使用完整的句構及語法，亦即任何表示意義的語言單位及文化詞性皆需到位，不可省略或忽視。須要注意的是，語序上儘量採用標準方式，即英語句構 SVO 或 SVX，當然不是所有語言的句構皆是如此，不過我們目前以多數印歐語言的句構和語序爲依據原則。最重要是句子儘量縮短，傳達訊息儘量簡單（一句一旨意），則不同語序造成的溝通困擾自可減少。確定詞彙、文法及句構相關的書寫原則後，我們即可開始以控制性漢語來書寫網頁內容。

就程序上而言，首先需分析與檢視網頁文本主題和訊息傳輸目的，其次是目標語與 MT 系統的搭配結果；接者我們需衡量目標語讀者對於文本中詞彙、文法、句構成分的熟悉度與接受度。我們或可試著將各層面較不明確的語段置放在西方讀者的文化生活背景，以推論西方讀者在閱讀或理解方面所遭遇之困難。從這些困難中，我們可進一步判斷自然語言對 MT 系統所造成的障礙。若要剷除這些障礙，就需改變自然語言的書寫方式。最後，進入書寫階段時，改寫之成控制性文本，必須符合印歐語言（以英語爲代表）的語法、句構特性，因爲英語是國際語言，許多國家語言皆受其影響，只要英語機譯可讀性達 95％以上，其他語言機譯之可讀性自然會達 70％（含）以上。更重要的是我們亦需考慮西方讀者"低訊息量文本"的閱讀偏好。

　　綜上所述，教授控制性漢語書寫時，可分成三個階段進行：1）分析與檢視；2）改寫與轉換及 3）重寫與編輯。於每一階段中，都需考慮 MT 系統處理訊息的技術、網路讀者需求及線上資訊溝通的目的。圖 1 乃是該三階段控制性語言教學法。

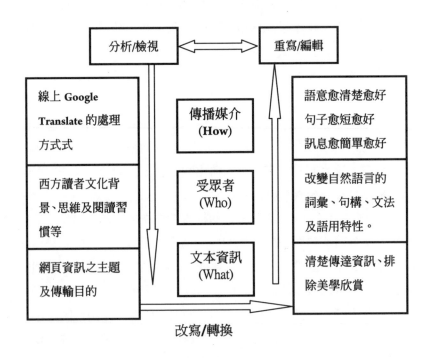

圖 3-1　三階段控制性語言教學法

　　如圖 3-1 所示，實施三階段控制性漢語書寫教學時，一定要考慮傳播媒介（How）、受眾者（Who）及文本資訊（What）等相關要素。此外，於改寫自然漢語網頁文本時，必須服膺「語意愈清楚愈好」、「句子愈短愈好」、「訊息愈簡單愈好」及「句構愈完整愈好」原則。如此一來，當可提升機器譯文的品質及可讀性（readability）。

　　網頁傳媒方式會影響譯文使用者的評量標準，而網頁文本類型及其使用目的更是優先決定文本書寫方式或是決定其表述方式的依據。基本上，使用者對於法律文件譯文之要求是訊息正確性需達 90％，剩下的 10％乃是溝通性，而文學作品之美學性是 80％，溝通性則是 20％，公民營機構網站或其它資訊網頁文本，則介於於中間，正確性之要求佔 50％，溝通性亦是 50％。有鑑於此，我們教授控制性網頁書寫時，仍需重視句法及文法的正確性。套用 Pym（1992）的二元性錯誤理論來說，語言交際溝通上的機器翻譯錯誤（屬於語用錯誤）不能多於一半，而語意、語法錯誤亦不能超出 50％，故兩者皆需控制良好才不會失衡，以免 MT 使用者再度對機器翻譯品質失望，進而棄之不用。

肆、教學應用

　　本節使用漸進式方法（progressive approach）提出教授控制性漢語書寫原則；換言之，由語句中最基本的語意單位開始討論，如詞彙，接著說明文法、句構，最後才是語用、語境和文化背景相關的書寫原則。

一、教授詞彙相關之控制性漢語書寫原則

詞彙是語句中最小單位，而詞彙是由詞素組成，單一詞素如漢語的單音節字詞，其語意較不穩定，如：農夫多黍女多絲 [Nóngfū duō shǔ nǚ duō sī]（取自澎湖天后宮籤詩第 4 首）中，「女」字可能意指「女子」或「女兒」或「婦女」，所以我們必須介定清楚，機器翻譯才不會造成語意錯誤。人工譯者可由上下文推敲單音節字詞的正確意義，但機器翻譯系統無法像人類一樣可依上下文判斷字詞含義，故我們使用控制性語言時，需要檢視單音節字詞會不會造成語意不清楚或是一詞多義的現象。此外，我們亦需注意是否漢語中的慣用語，如四字片語（沒典故）、成語（具有典故）、俚語等，會不會造成不合宜之機器翻譯，因為這些地區慣用語不是通用語，所以 MT 系統內的平行語料庫儲量不多，易造成機器翻譯錯誤。此外，地方文化、歷史的專有名詞或一些文化詞彙，亦是導致機器翻譯錯誤的危險詞群，必須留意。

分析與檢視上述這些特殊詞彙後，我們可改寫這些語意不明確的語詞或表述，亦即將自然漢語詞彙換成控制性漢語詞彙。於此，筆者以三王公網頁文本為例，說明如何教授詞彙相關之控制性漢語書寫原則。範例取自筆者所任教大學應英系之教學網站，係參考台灣大百科全書、台灣民俗、文建會文化資產總管理籌備處、宜蘭縣大二結文教促進會的二結社造的軌跡、宜蘭縣五結鄉學進國小的家鄉地圖及台灣傳香之網頁內容，再經過改寫、重整。

例一、三王公

南宋末年蒙古人南侵時，有一路義軍撤至福建漳浦，義軍的三位首領，柳信、葉誠、英勇三人義結金蘭，大哥柳信，精通醫藥，二哥葉誠，善於堪輿，三弟英勇，長於道術，他們爲鄉民治病、分金點穴、消災解厄，故甚受鄉民敬重。

[Lit: In the late Southern Song Dynasty, Mongols invaded China, and some volunteer soldiers retreated to Zhangpu in Fujian. The three leaders, Liu Shen, Ye Cheng, and Ying Yong, became sworn brothers. Liu Shen was specialized in medicine; Ye Cheng, in feng shui, and Ying Yong, in Taoism. They helped treat local residents' diseases and give them instructions on the right places to build houses and bury the dead. They helped the locals to reduce disasters, so they were highly respected.]

＜一＞分析與檢視：辨識字詞的特殊語言形式及瞭解其眞正意涵。

1、分析要點

①是否一詞一義？

②是否屬於通用語或文化用詞，如神名、宗教儀式及文化活動？

③是否屬於專有名詞，如人名、地名或事物名稱？

④是否屬於古典詞彙？

2、解析參考

①「南侵」不是一詞一義，其語意不清楚；它可能代表「向南侵入」或「南方侵害」或其它。

②「首領」不是通用詞，其意義不明確，可能是指「老闆」或「首
　要人物」或「領導人」等等。

③「義結金蘭」是文化用詞，代表結拜成為兄弟。

④「精通醫藥」、「長於道術」是漢語中的四字片語，不是通用語詞；
　其意指「懂得醫學常識」及「道術很高明」。

⑤「善於堪輿」是四字片語，且「堪輿」是古典詞彙，此片語意指
　風水專家。

⑥「分金點穴」是文化用詞，代表「知道何處適合人們居住及埋葬
　死者」。

⑦「消災解厄」是四字片語，代表「消除災難或惡運」。

<二>改寫與轉換：針對上述缺點，將字詞改寫與轉換成控制性白
　　　　　　　 話漢語。

1、字詞改寫

①將不清楚之單音節字詞改成雙音節字詞，如「南侵」改寫成「侵
　入中國」。

②將意義不明確之字詞改寫，如「首領」改寫成「領導者」。

③將四字片語改寫成一般用語，如「義結金蘭」改寫成「成為了結
　拜兄弟」，而「精通醫藥」及「長於道術」分別改寫成「是精通於
　醫學」及「是一位厲害的道教法師」，且「消災解厄」改寫成「以
　除去惡運及災難」。

④將文化用詞改寫成非具地方特殊性質的表述，如「將善於堪輿」
　改寫成「是一位風水專家」，而「分金點穴」改寫成「告訴人民以
　建造房子及以埋葬死者在適當的地方」。

2、改寫之控制性漢語

依據上述原則，將自然漢語詞彙改寫成控制性漢語如下：

1）侵入中國；2）領導者；3）成為了結拜兄弟；4）是精通於醫學及是一位屬害的道教法師；5）是一位風水專家；6）告訴人民以建造房子及以埋葬死者在適當的地方；7）以除去惡運及災難。

3、轉譯成英語

當我們將上述改寫的控制性漢語字詞，送入 Google Translate，其機器英譯分別是：

1) invaded China; 2) leader; 3) became sworn brothers; 4) is well versed in medicine and is a powerful Taoist Master; 5) is a feng shui expert; 6) Tell the people to build a house and to bury the dead in the right place; 7) to remove bad luck and disaster.

＜三＞重寫與編輯：改寫英譯中所有不合宜的詞語或表述。

上述控制性漢語字詞表述的機器英譯，大致上可讓西方人士了解，所以我們不需重寫。值得注意是：若「長於道術」改成「他是一位屬害的道教人士」，其機器英譯會有文法及語意錯誤，如 *He was a powerful Taoist person*，所以我們需使用「一位偉大的道教法師」，其機器英譯 a great Taoist Master 才會正確。大致上，上述控制性漢語字詞的英語機譯已能清楚表達其含義，其轉譯成西班牙語、法語、德語、意大利語之語意及文法正確性亦可到達 70%（含）以上，故訊息溝通絕無問題。

二、教授文法相關之控制性漢語書寫原則

控制性漢語主要是以英語及印歐語言的機器翻譯為初步評量標準，所以控制性漢語的文法必須符合英語文法。但漢、英文法差異頗大，故教授文法相關之控制性漢語書寫時，宜先介紹英、漢語之間顯著的文法差異，如表 3-1 所示。

表 3-1　英、漢語之文法差異

	漢語	英語
文法	1）不常使用定冠詞（如：the）和不定冠詞（a/an）	1）一定使用定冠詞（如：the）和不定冠詞（a/an）
	2）不常使用介詞（數量不及英語多）	2）常使用介詞
	3）動詞本身無時態之分	3）動詞本身有時態之分；如現在、過去、過去分詞、現在分詞等
	4）名詞本身不具單複數形式	4）名詞則具有單、複數形式（從字元即可判斷單、複數）
	5）兩個動詞間不需加上不定詞	5）兩個動詞間需加上不定詞

（註：上表由筆者自行整理）

　　說明上述表格要點之後，教師可進入控制性漢語書寫過程。首先，於分析與檢視階段告訴學生如何比較英、漢表層結構的文法差異，如：自然漢語句子是否像英語一樣使用不定冠詞（a/an）、定冠詞（the）、指示詞（this/that）、量詞（pair/piece）、所有格（your/my）、介詞（in/on）。其次，表達動詞時態時，漢語不像英語動詞本身具有時態的變化，故我們必須分析、檢視文意，以判斷動詞時態是過去式、未來式或現在式；之後，我們可在動詞後或右側使用「了」或「過」，以註記過去式，或在動詞前或左側使用「將」或「會」或「將會」，以註記未來式。最後，我們亦須判斷某些字詞是形容詞或名詞或副詞。

　　一般而言，英語字詞本身會彰顯其詞性，如字尾是"ful"或"ive"表示形容詞，字尾"ly"則表示副詞，字尾"th"或"ness"則表示名詞，但漢語中，常常有形容詞字尾不加「的」，乍看之下卻像名詞，如：他們的富裕生活令人羨慕。此句子中，「富裕」是形容詞，不是名詞。若是有人說：「這意味著富裕」，此字「富裕」的詞性（形容詞）不正確，應改成「財富」（名詞）才可以作為動詞後的受詞。此外，英語的主詞與動詞必須相互配合，若是複數主詞，其 be-動詞必須是"are"，而非"is"，所以我們書寫控制性漢語時，可在動詞前添加「皆」，以註記是複數主詞的 be-動詞。

　　分析與檢視上述英、漢文法差異後，即進入改寫與轉換階段；此時教師可試著將非控制性漢語句子改寫成制性漢語句子。為減少機器英譯錯誤，我們必須遵守一些通則，如：標示一些字詞，如「了」以指示過去式動詞時態，或添加"一個"、"一雙"等不定冠詞及量詞，或是增加所有格「他的」，如此，英語或歐語機譯之文法才會正確。其次，漢語是意合語言，不是形合語言，所以不著重文法，一

切語意皆來自上下文。但控制性漢語是爲了方便英語和其它印歐語言機譯所設計，自然就需考量其表層結構是否符合歐語之文法。一般而言，法語、德語及其它一些印歐語言的字詞與動詞皆有陽性與陰性之分，控制性漢語無法顧及每一種語言特性，所以目前只能選擇以英語的文法作爲仿照參考的標準。以下仍以三王公網頁文本爲例來說明如何採用三階段教學法教授文法相關之控制性漢語書寫原則。

例二、三王公

宜蘭俗語：「請二結王公——尾步了」，意謂必須請王公坐鎭就表示事態嚴重，請王公協助已經是最後的辦法了。

[Lit: In Yilan, a saying goes: "Ask Erjie Wanggong for help--the final solution", suggesting that when we are in the severe situation, we cannot but ask Erjie Wanggnong to help solve the probelm. Consultign with Erjie Wanggong is the last resort.]

＜一＞分析與檢視：辨識英、漢文法差異。
①是否像英語一樣，在名詞前使用了所有格？
②是否像英語一樣，使用了不/定冠詞及量詞？
③是否像英語一樣，使用了指稱詞？
④是否像英語一樣，主詞與動詞相互對應？
⑤是否像英語一樣，兩個子句間使用了連接詞？
⑥是否像英語一樣，正確地表達字詞的詞性？
⑦是否像英語一樣，正確地表達動詞的不同時態？

⑧是否像英語一樣，將副詞放置於 be 動詞與過去分詞之間，或是放置在一般動詞後面？

⑨是否像英語一樣，清楚標示出介詞？

＜二＞改寫與轉換：針對上述分析與檢視結果，改寫與轉換成控制性白話漢語。

1、文法改寫

①將「宜蘭」改寫成「在 Yilan」（增加介係詞「在」，並直接使用英文地名）。

②將「俗語」改寫成「一俗語」（增加不定冠詞「一」及量詞「句」）。

③在「一俗語」後增加動詞「說」，如「一俗語說」。

④將「請二結王公」改成名詞「Erjie Wanggong 的幫助」。

⑤將「尾步」改寫成「是最後的機會」（增加 be-動詞「是」）。

⑥將「請王公坐鎮」與「請王公協助」訊息重複，可刪除其中之一，且將「請王公協助」改成「民眾必須要求 Wanggong 以幫助解決問題」。

⑦將「事態嚴重」改成「這件事情一定是很嚴重」（添加指稱詞「這」、be-動詞「是」及副詞「很」）。

2、改寫後的控制性漢語

依據上述原則，將網頁自然文本改寫成控制性漢語如下：

在 Yilan，一句俗語說過：「Eirje Wanggong 的幫助是最後的機會了。」它表示如果民眾必須要求 Wanggong 以幫助解決問題，這件事情一定是很嚴重。

3、 轉譯成英語

當我們將改寫的控制性漢語整句放入 Google Translate，其線上自動英語機譯如下：

In Yilan, a proverb said: "Eirje Wanggong help is the last chance". It means that if people have to ask Wanggong to help solve the problem, this thing must be very serious.

<三>重寫與編輯：針對機器英譯錯誤去重寫原文或稍作編輯。

英語機譯中只有 Eirje Wanggon help 沒使用所有格，但無法以其他方式改寫，所以只能直接在機譯上作後編輯，改為 Eirje Wanggon's help。即便如此，若與自然漢語句子的英語、法語、西班牙語之機譯相比較，控制性漢語機譯之文法正確性及可讀性的確已大幅改進。

三、句構相關之控制性漢語書寫原則

　　在句構層面，英、漢語句構有些雷同，但其差異仍然存在，如漢語會採用話題－評論句構（topic－comment），而英語則是 SVO（主詞－動詞－受詞）或 SVX（主詞－動詞－其它）。以下句為例，中文是「書本我拿走了」（「書本」是話題；「我拿走了」是評論），而英文則是「我拿走了書本」（主詞－動詞－受詞）。不過有時候，漢語句子也採用主語－動語－賓語（SVO）結構，此時，其話題也剛好是英語句構中的主詞。

　　其次，英語句構中，表時間或地點的介片經常放在句尾，但於漢語句構中，則置於句首；又英語常放置關代詞連結的子句在名詞

右側以作爲形容詞，用來修飾或說明名詞的特性或狀況，但漢語沒有關代詞，只能使用形容詞子句放置在名詞的左側。最後，英語句子像是一部火車，其每節車廂（子句）需靠鋼板焊接的通過台及車鉤連接，否則無法運行，但漢語句構像是一塊塊積木，可隨意組合起來，中間不需任何連接物，即可組合成不同形狀，傳遞不同訊息或旨意。基於英、漢語句構之差異，當我們使用控制性漢語書寫網頁文本時，需把遺失或內隱的連接詞補上，否則機器英譯及歐譯的句構會有文法錯誤。

　　除了上述主要差異外，於英語句中，副詞必須置於 be-動詞及過去分詞之間，但於漢語句中，則無此限制。另需注意的是，英語句子較爲簡短，且在正式文件書寫時，常會使用被動句，以表達客觀立場，但漢語句子少用被動句。綜上所述，英、漢句構顯然有所差異，故建議教師傳授句構相關的控制性漢語書寫原則前，宜說明英、漢句法的不同特性。表 3-2 列出一些英、漢句法差異。

表 3-2　英、漢句法差異

	漢語	英語
句法	1）偏向以逗號連接兩個子句，無法分辨主要訊息與次要訊息。	1）經常使用連接詞以連接兩個子句。 複雜句中以連接詞彰顯兩個子句的從屬關係，或以連接詞彰顯兩個子句的對等關係。
	2）偏好使用動詞和動詞化	2）偏愛使用名詞和名詞化

	結構，為動態語言。	結構，為靜態語言。
	3）左側分出句構，作為名詞的修飾詞。	3）右側分出句構，作為名詞的修飾詞。
	4）時間或地點的語詞常置於句首。	4）時間或地點的語詞常置於句末。
	5）習以主動式呈現。	5）習慣使用被動式呈現。
	6）使用話題－評論之句構（topic－comment），經常省略主詞和受詞；亦使用主語－動語－賓語之句構。	6）使用主詞－動詞－受詞（SVO）之句構或主詞－動詞－其他（SVX）之句構。
	7）常省略 *be-*動詞	7）不能省略 *be-*動詞

（註：上表由筆者自行整理）

參照上表英、漢句法差異後，當我們於分析與檢視階段時，可要求學生注意下列情形：1）是否漢語句構的主題不是單詞，而是獨立子句或動詞片語？2）是否原句構缺少主語、賓語或動語，所以不符合SVO或SVX結構；3）是否原句構中，出現左側子句當作形容詞之句法？4）是否原句構中，表時間或地點的介片放置在句中？5）是否原句構太過冗長，包含兩個意旨以上，而兩個子句間缺少連接詞相連？諸如此類句構相關問題乃是幫助學生辨識出英、漢句構之差異。此外，考慮機器的功能侷限性，主詞(複合名詞)不能太長，否則機譯會錯誤。我們在不定詞前必須加逗號、*be-*動詞前加「當時」以表示過去式（was）、動詞前加「時常」以表示現在式、使用「皆

是」或「都是」以表示複數 be-動詞（are）等。

進入第二階段，教師可示範將原句逐字對比譯成英語，然後指出其譯文的句法錯誤；接著再針對這些錯誤逐一更正，最後，於重寫階段，我們可參考英語翻譯的錯誤句法，再將原句改寫成符合英語句構的控制性漢語。以下仍以三王公文本例句來說明如何採用三階段教學法，以教授句構相關之控制性漢語書寫原則。

例三、三王公

清朝年間（西元 1786 年），漳浦鄉民廖地捧奉老三王公本尊來臺，他行抵蘭陽溪南畔，於一棵大榕樹下歇息。當他起身想東行，手奉之老三王公神像卻靜止不動，經擲筊請示，獲知三王公欲駕駐此地。[Lit: In 1786 (the Qing Dynasty), Liao Di, a Zhangpu resident, brought the statue of Old San-Wanggong to Taiwan. When he arrived at the southern bank of the Lanyang River, he took a rest under a huge banyan tree. By the time he was ready to head for the East, the statue did not move. After throwing divination blocks to ask for old San-Wanggong's instructions, Liao Di learned that old San-Wanggong wanted to stay at the Lanyang area.]

＜一＞分析與檢視：辨識英、漢語句構之差異。

1、分析要點

①檢視自然漢語句構是主語－動語－賓語或話題－評論之句構？

②檢查原句是否使用連接詞銜接子句？

③檢查表時間或地點的介副詞之位置

④檢查句構太過冗長，以至於訊息無法清晰傳達。

⑤檢查名詞左側是否出現子句或動片作爲形容詞或修飾詞？

2、解析參考

①原句構中，「漳浦鄉民廖地捧奉老三王公本尊來臺」與「他行抵蘭陽溪南畔，於一棵大榕樹下歇息」可使用句點分開，成爲兩個獨立句子。

②原句構中，「獲知老三王公欲駕駐此地」欠缺主詞，不符合英語 SVO 結構。

③介片「於一顆大榕樹下」放置在動詞「歇息」前，且介片「擲筊請示」也是置放在動詞「獲知」前，這些皆不符合英語介片放置於句尾或動詞後的句構。

④該句「當他起身想東行，手奉之老三王公神像卻靜止不動，經擲筊請示，獲知老三王公欲駕駐此地」包含兩個意旨：1）當他起身想東行時，神像靜止不動；2）後來他獲知神明想居住於此地。此句太過冗長，違背了一句一意旨之原則。

⑤動詞片語「手奉之」放置「老三王公神像」之左側，當作形容詞修飾名詞片語，不符合英語句構。

<二>改寫與轉換：將自然漢語文本改寫成控制性漢語。接著將控制性漢語文本送入 Google Translate 譯成英語。

1、句構改寫

①第一句的兩個子句間缺乏連接詞，建議分開，此外「老三王公神像」不能直譯，建議改成「一神明雕像（the old San-Wanggong）」。

②第一句中，介片「於一棵大榕樹下」應放在動詞「歇息」之後方/

右側（注意：動詞「休息」後加上虛詞「了」以表示過去式，而「於...下」需改成「...之下」）。

③將第一句改寫成三句 SVO 或 SVX 結構，包括：1）在 1786 年，Liao Di，帶來了一神明雕像（the old San-Wanggong）至台灣。2）他到達了 the Lanyang River。3）他休息了，之下一棵大榕樹。

④將「手奉之」去掉，且將「經擲筊請示」改成 SVOX 結構「所以，他（S）擲了（V）筊（O），為指示（X）」。

⑤最後一子句「獲知老三王公欲駕駐此地」改成 SVO 結構「他（S）知道（V）神明想要了待在這個地方（O 片）」。

2、改寫後的控制性漢語

依據上述原則，將網頁自然文本改寫成控制性漢語如下：

在 1786 年，Liao Di，帶來了一神明雕像（the old San-Wanggong）至台灣。他到達了 the Lanyang River。他休息了，一棵大榕樹之下。當他想往東走時，這神像當時是靜止的。所以，他擲了筊，為指示。他知道神想要了留在該 Lanyang 地區。

3、轉譯成英語

將改寫的控制性漢語文本放入 Google Translate，其英語機譯如下：

In 1786, Liao Di, brought a statue of a god (the old San-Wanggong) to Taiwan. He arrived in the Lanyang River. He rested, under a large banyan tree. When he wanted to go east, this statue was stationary. So, he threw divination blocks for instructions. He knew that God wanted to stay in the Lanyang regions.

<三>重寫與編輯：針對英語機譯中的句構錯誤加以修正。

讀了英語機譯後，我們發現 this statue was stationary 語意不清楚，所以我們將此句重寫爲「這神像當時不動」，且加上轉折詞「且」於最後一句，重寫部份爲：

...當他想往東走時，<u>這神像當時不動</u>。所以，他擲了筊，爲指示。<u>且</u>他知道神想要了留在該 Lanyang 地區。

其英語機譯爲：

When he wanted to go east, this statue <u>was not moving</u>. So, he threw divination blocks. <u>And</u> he knew that God wanted to stay in the Lanyang regions.

經由重寫修正後，英語機譯顯然有所改進，故我們得知控制性漢語若使用合宜，的確可大幅增加多語機譯文法之正確性及可讀性。

四、教授語用及技術相關之控制性漢語書寫原則

除了語彙、文法句構外，在語用層面上，我們需考慮中西語言表達方式不同。一般而言，英語句子平均長度比漢語句子短，此語言現象說明爲何外國讀者已習慣閱讀低訊息文本。同時，文化背景差異亦會造成外國讀者的不悅或不解。例如：在東方文化中，有些宗教儀式會被外籍人士視爲怪力亂神或迷信，因此，這些神祕的陳述可以省略不譯。

此外，台灣本地的宗教或文化活動中所使用的物品，如紅龜粿對於外國人士可能是陌生無意義的，所以書寫控制性漢語網頁文本

時，我們可使用上稱詞或大家熟悉的一般用詞來取代（紅糕/red cake），若是這些物品名稱在現代文化語境中，不再具有重要的指標意義，我們亦可刪除之。最後，爲了壓縮訊息，使內容更精簡，我們可以刪掉一些無關緊要的訊息。如此一來，控制性網頁文本之長度比起自然漢語書寫的網頁文本長度將會縮短許多。以下仍以三王公文本爲例，來說明如何採用三階段教學法教授語用相關之控制性漢語書寫原則。

例四、三王公

在過火之前，還有神奇有趣的「掠童乩」過程。所謂「掠童乩」就是三王公必須親自去尋回自己專屬的乩童，藉以顯示其神力。三王公的神轎會指示「掠童乩」的時間、方位，然後衝向村裡去「掠童乩」；令人稱奇的是，王公似乎都知道乩童躲在哪裡。發現乩童時，乩童隨即「起乩」在臉頰兩側穿上銅針，並揹上五鳳旗，然後隨輦轎回廟。

[Lit: Before the fire-walk ritual, there is an interesting event called "Catching Tongi". It means that San-Wanggong has to catch a tongi as his spirit medium and shows his great power. San-Wanggong's sedan chair will give instructions about the due time for ctaching a tongi and about where the tongi has hidden. The carriers of sedan chair will rush into an Erjie village to search for the tongi. When the tongi is found, the tongi will pierce his cheeks with brass needles and follow San-Wanggong's sedan chair back to the temple with Wufen flags in his hands.]

進行過火時，工作人員會不斷往木炭堆上灑鹽米，象徵驅邪，並降低火堆溫度。先由三名手持黑令旗者衝過火堆，試探是否安全；之後信徒才抬著神轎、抱著神像、令旗，分別跑過火堆。未能親自參加過火的信徒也會帶著衣服在火堆上揮舞，祈求解消穢氣及厄運；還有許多民眾到現場取回炭燼，據說過火所使用的灰燼埋在房舍地基下可庇佑宅第平安。

[Lit: In the fire-walk ritual, some workers sprinkle salt and rice over the hot coal, so evil spirits can be driven away and the fire temperature can be reduced. Initially, three flag bearers hold black signal flags and run over the coal to test the security of the hot coal. Then, believers run over the coal in sequence, carrying sedan chairs, statues and divine flags. Those who can't participate in the fire-walk ritual wave their clothes over the hot coal to get rid of bad luck. Some believers take ashes home. It is believed that if the ashe is buried under a house, the whole family will be peaceful.]

<一>分析與檢視：檢查訊息內容、文化用詞及表述方面是否有不合宜之處。

1、分析要點

①對於外籍讀者，是否有任何陌生的文化用詞及名稱？

②對於外籍讀者，是否有任何太過迷信、荒謬或不人道的敘述？

③對於外籍讀者，是否有複譯、累贅、無太大意義的訊息？

2、解析參考

①「黑令旗」、「神轎」、「五鳳旗」等皆是台灣本地道教活動的專用物品。所以此句「抬著神轎、抱著神像、令旗」可省略。此外，「三

王公」、「童乩」、「乩童」是台灣本地道教特有的文化用詞，可直接以英文書寫。

②「掠童乩就是顯示三王公神力」之論述無法取信外籍人士，故可以省略。

③「在童乩臉頰上穿上銅針」乃是不太人道的動作，亦可省略。

④「令人稱奇的是，王公似乎都知道乩童躲在哪裡」乃是非具有科學根據的論述，故可刪除之。

⑤有些修飾詞，如「未能親自參加過火的」及無意義的描述「到現場」可省略。

<二>改寫與轉換：將不合宜、累贅的訊息刪除，並改寫文化用詞。

1、文化用詞改寫

①「三王公」、「童乩」分別改為：San-Wanggong 及 Tongi。

②「掠童乩」改寫為 Grabbing Tongi。所以，第一句「神奇有趣的掠童乩」改寫成：「一有趣活動，Grabbing Tongi，會被舉行」。

2、文化訊息改寫

①刪除「抬著神轎、抱著神像、令旗」，再將「之後信徒才抬著神轎、抱著神像、令旗，分別跑過火堆」改寫成較精簡的句子「接下來，人民也會越過火堆」。

②將「三王公的神轎會指示掠童乩的時間、方位，然後衝向村裡去掠童乩」及「發現乩童時，乩童隨即「起乩」在臉頰兩側穿上銅針，並揹上五鳳旗，然後隨輦轎回廟」改寫成三個短句：1）「San-Wanggong 必須提供一個時間和一個方向。2）「接著，人民會去補捉 Tongi。」3）「最後，該 Tongi 會被帶回到廟」。建議刪

除不合宜及累贅訊息，如「在臉頰兩側穿上銅針，並揹上五鳳旗」，並使用被動語態，以增加多語機譯之語法正確性。

③將最後一長句中「未能親自參加過火的信徒也會帶著衣服在火堆上揮舞，祈求解消穢氣及厄運」改寫成短句：「人民也可以揮舞衣服在火堆前，以擺脫惡運」。

④將「還有許多民眾到現場取回炭燼，據說過火所使用的灰燼埋在房舍地基下可庇佑宅第平安」改寫成兩短句：1)「許多人民收集灰燼。」2)「灰燼將被埋在屋子下，為家人的平安。」此乃是建議使用短句以增加多語機譯的語意清晰度。

3、改寫後的控制性漢語

依據上述原則，將網頁自然文本（共兩段）改寫成控制性漢語（一段）如下：

一有趣活動，Grabbing Tongi，會被舉行。San-Wanggon 必須指示一個時間和一個方向。人民會去捕捉 Tongi。接著，Tongi 會被帶回到廟。人民會灑鹽巴及稻米至火堆上。此行為象徵驅逐邪。且火的溫度會被降低。三個人會跑過火堆，以試探安全性。接下來，人民也會越過火堆。人民也可以揮舞衣服在火堆前，以擺脫惡運。許多人民收集灰燼。且灰燼將被埋在屋子下，為家人的平安。

4、轉譯成英語

當我們將改寫的控制性漢語文本放入 Google Translate，其線上自動英語譯文如下：

A fun activity, "Grabbing Tongi" will be held. San-Wanggong must indicate a time and a direction. People will go to catch Tongi. Then, Tongi will be brought back to the temple. People will sprinkle salt and rice to the pyre. This behavior is a symbol of evil expulsion. And the temperature of the fire may be reduced. Three people will run through the fire, in order to test the security. Next, people will cross the fire. People can also wield clothes before the fire to get rid of bad luck. Many people collect ashes. And ashes will be buried in the house, for the family's peace.

＜三＞重寫與編輯：修正控制性漢語英譯中錯誤的句子。

閱讀英語機譯後，我們發現有三句的劃線地方不正確：

①介詞錯誤：People will sprinkle salt and rice to the pyre.

②語詞錯誤：This behavior is a symbol of evil expulsion.

③語意錯誤：And the temperature of the fire may be reduced.

此三句可重寫為：

①人民會灑鹽巴及稻米上火堆。

②此作法是象徵驅逐邪惡。

③且火的溫度可以被降低。

其英語機譯為：

①People will sprinkle salt and rice on the fire.

②This practice is a symbol of the expulsion of evil.

③And the temperature of the fire can be reduced.

經由重寫修正後，其英語機譯顯然有所改進。另要提醒大家的是技術相關的人為控制，如上所述，「三王公」直接以英文名稱 "San-Wanggong"，而「童乩」直接以羅馬拼音 "Tongi" 書寫。其次，為了註記不同的訊息單位，可在兩個訊息單位中間增加逗號，例如：

「灰燼將被埋灰燼將被埋在屋子下，為家人的平安」。如此一來，MT 系統才不會將主要訊息「灰燼埋在屋子下」及次要訊息「為家人的平安」混淆一起，造成多語機器翻譯的語意錯誤。

　　若與自然漢語文本之英語機譯相比較，發現控制性漢語的確可大幅增加多語機譯文法之正確性及語意清晰度；更重要的是，不會使異國讀者因背景文化訊息不足而造成誤解，此即是格特所謂的最佳關聯性（optimal relevance），也就是譯文內容關照到讀者的不同文化背景而採用說明清楚或較為普遍的表述，故讀者不需花費太多心力和時間，就可以很快地瞭解譯文訊息。此外，控制網頁內容精簡，上一段共有 157 字，比自然漢語文本 305 字，減少了 148 字，大幅降低西方讀者的閱讀負擔。

伍、結語

　　控制性漢語教學透過分析與檢視、改寫與轉換、重寫三階段不斷重複之訓練，可望增強學生英、漢雙語意識及中、西文化差異之觀念。當然，教師所選擇的網頁文本必須含蓋地方文化主題，才能使學生有機會透過語域和文化層面的分析與檢視，進而注意到東、西方人民文化、思維及行為的差異。當學生試圖以中性語詞或去地方性及非地殊性的語言來改寫自然漢語網頁內容時，他們一方面會注意到中國傳統漢語用詞、語法、句構的特殊形式，另一方面，他們改寫這些文化詞彙時，又必須先瞭解其正確意涵，並查詢外國文化相關知識，才能使用正確英語來改寫一些文化詞彙、專有名詞及

習慣用語。藉由查詢相關資料的過程，學生不但可以進一步瞭解自己的文化、歷史知識，同時也可知道自己文化與西方文化的差異，故藉由不斷的控制性漢語書寫練習，督促學生注意英、漢語法差意異及東、西方文化差異，學生自然能夠培養出雙語/雙文化意識（bilingual & bicultural sense），並增進自身對跨文化之認知（cross-cultural awareness）。

第四章 控制性漢語書寫——
台灣節慶網頁文本

壹、文化分享、科技應用

　　筆者於 2013 年暑假去北歐國家旅行，發現不同國家人民的思維與信念有很大的差異。聽當地導遊 Ellen 說，在挪威國家沒有死刑及無期徒刑，所以如殺死百餘名參加工黨舉行夏令營的青少年之重刑犯者，亦只是被判約二十一年的牢刑（國家最高刑罰）。此外，在牢中他還投訴監獄的電視頻道太少，牢飯不好吃，對於東方人而言，這種行為簡直不可思議、荒謬至極。但對於極為重視社會福利的挪威人而言，這件事不足為奇。此外，筆者在奧斯陸的飯店裡用餐，見到一名嘴裡含著奶嘴的幼童，竟然自己拿著刀子在麵包上塗奶油，在旁的母親不以為異；筆者自忖，要是換成東方國家的母親，一定會非常緊張，深怕幼兒拿著刀亂切會傷到自己的手，所以東、西方國家人民的「罪與罰」及「育兒」觀念絕然不同。

　　有鑑於此，跨文化交流與溝通在全球化時代裡扮演著非常重要的角色。若是每個國家能將當地文化的書籍或網頁譯成多國語言，再介紹給外國人士閱讀，則能增進彼此的瞭解，並減少文化歧見所導致之衝突。近年來，亞洲國家如日本、韓國，非常重視外語翻譯，無不希望藉由翻譯能推廣其當地文化。日本國際交流基金會（The

Japan Foundation，2012）在 2010-2011 間，就執行了「贊助翻譯與出版日本相關作品計劃」，特別編列輔助金以獎勵海外出版商出版與日本文化相關之翻譯作品，其翻譯語言包括中、俄、西、法等數十種，以方便世界各國瞭解日本文化（林慶隆等，2012）。

相較於日本，台灣的文化議題之翻譯計畫很少。原台灣國編館與國家教育研究院輔助合作出版之"中書外譯計劃"，從 1966 年至 2012 年，46 年期間共計出版 34 本（33 本為中譯英、一本為中譯德），平均每年僅出版 0.74 本（賴慈芸等，2006）。這些譯著包括了中國現代文學、台灣當代小說、回憶錄、中國哲學史、台灣現代詩、啓蒙教材、散文、短篇小說等等，而其中僅有"歷史與文化論叢"與文化議題相關，其它則為文學作品或學術出版品之翻譯。固然文學作品反映文化，其翻譯亦可視為當地文化宣揚的重要一環，但文學作品主要是聚焦於精英文化、小眾文化（minority culture），而不是一般的庶民文化或大眾文化（majority culture）。不過近年來台灣文學館補助台灣鄉土小說外譯，有助於將台灣在地文化行銷至外國。唯有與市井小民食、衣、住、行等日常生活息息相關的文化，如各種節慶、祭典及宗教活動，才是普羅大眾的社會文化，而這些文化議題更值得重視與推廣。

回顧台灣有關文化議題之研究，大多偏重學術性或理論性，而鮮少見到文化專書之翻譯。近年來，台灣政府提供的線上台灣大百科全書收錄了一些有關台灣文化議題的短文，但僅有少數文章附有英文翻譯，數量明顯不足，語種亦不夠多元，許多非英語系的外籍人士，如泰、越、印等台灣新住民，無法藉由泰語、越南語等母語翻譯，來瞭解台灣當地文化，殊為可惜。所以，文化多語翻譯乃是一個非常重要的課題。

貳、節慶文化與翻譯

　　本章節將討論節慶文化之翻譯。節慶於中華文化中是相當獨特的一環，節慶與每一個人的日常生活作息息息相關。人們因文化背景不同而發展出各式各樣的節慶，不同的節慶有不同的慶祝方式。節慶往往反映某一地區人民共同的想法和信仰，導引人們進行某些事或崇拜敬畏某人或某物，例如：台灣的中元節普渡，即隱含人們對於鬼神的敬畏。但值得注意，隨著社會變遷與思潮改變亦會影響人們對節慶的想法與慶祝方式，所以今日我們慶祝中元節最主要的目的是宣揚博愛的人道精神。

　　台灣節慶可分為：農曆民俗節日與國曆紀念日。民俗節日通常是由祖先生活環境與文化習俗演變發展而來，而國曆紀念日則是歷史事件所衍生我們對人或事的紀念儀式，在國家發展過程中具有重大意義。華人社會重要的民俗節日包括了除舊迎新的除夕、春節、元宵節，慎終追遠的清明掃墓節，驅邪健身的端午節，普渡孤魂的中元節，月圓人團圓的中秋節等；而國曆的紀念日則包括了元旦、追念二二八事件的和平紀念日、婦幼節、兒童節、青年節、軍人節、教師節、國慶日、光復節及行憲紀念日等。事實上，無論是民俗節日或是國家紀念日，國人除了以各具特色的方式慶祝外，最重要的是應從實踐中去體會其內涵的意義，尋覓其安身立命的支柱與寄託。換言之，節慶不僅是宗教、民俗及生活的結合，更反映人民的思想信仰和社會文化變遷，值得保留和傳承。

目前台灣大百科全書有關台灣節慶文本皆提供英語翻譯，其採用策略大致上有語意翻譯、直接音譯、音譯後插入註解，這些策略往往因不同類型的文化詞彙所佔比例不同而有不同之應用策略。例如：有關書名翻譯，筆者收集的人工翻譯九個項目中，只有一本書名採用語意翻譯，如 *Book of Songs*（詩經），另一本書名採用音譯再加上註解，如 *Feng Tu Ji*（*A recod of customs*）（風土記），其餘七本書名皆採用音譯 （77.7％），如 *Jing Chu Sui Shi Ji*（荊楚歲時記）、*Xia Xiao Zheng*（夏小正）、*Li Ji*（禮記）等。有關事務名稱，如陰陽、夏至、陽氣、陰氣，從收集的十個人工英譯項目中，有兩項（20％）採用音譯，如 Yin-yang（陰陽）及 Xiazhi（夏至），其他八項（80％）採用音譯再加註解，如 Wu Yue（the wu month）（午月）、Wu Shi（11 am to 1 pm）（午時）、Humid Plum Rain season（rainy season）（梅雨季）等。至於物品的十二個人工翻譯項目中，有二項採用音譯（16.6％），如 Aiban（艾粄）及 Muban（墓粄），二項採用語意翻譯（16.6％），如 Burned Baiju（白朮）、Realgar（雄黃），其他八項採用音譯再加註解（66.8％），如 Zongzi （rice dumplings wrapped by bamboo leafs）（粽子）、Bobing（a kind of wrap）（餑餅）、Baicaodan（hundred grass pill）（百草丹）等。此外，有關活動名稱，從收集的八個人工英譯項目中，有六項採用音譯再加註解（75％），如 Chaching （wearing greens）（插青）、Shaangsi（Spring purification ritual）（上巳）、Pudu (ritual of universal salvation)（普度）、Bao zong (wrap rice dumplings) （包粽）、 Lao shu fen chien (sharing money with the mouse)（老鼠分錢）、Shousui (stay up all night)（守歲），一項採用語意翻譯（12.5％），如 The custom of standing eggs （立蛋），而一項採用音譯（12.5％），如 Changmu（嘗墓）。又如節慶名稱，如七夕、五

月節、寒食節、多至等，從收集的八個人工英譯項目中，六項採用音譯再加註解（75%），如：Hanshi （Cold Food Festival）（寒食節）、Sanri Festival（Three Days Festival）（三日節）、Dongzhi（winter solstice）（多至）、Zhongyuan Festival（Ghost Festival）（中元節）、Duanwu Festival（Dragon Boat Festival）（端午節）、Zhongqiu Festival（the moon Festival）（中秋節），另兩項（25%）採用音譯，如 Qingming（清明）、Qixi（七夕）。綜觀上述分析結果可知，節慶文本中所含有的文化詞彙大多偏向採用<u>音譯並加上註解</u>。

　　參考上述人工英譯策略，若以控制性漢語書寫或重新編譯，我們可考慮直接寫上專有名詞或文化詞彙的漢語拼音，再加上註解或說明。例如：我們將「九降風」及「貴人」分別改寫成「Jiu-Jiang-Feng（東北季風）」及「Guiren（那些的人可以幫助你）」，則其機器英譯分別為：Jiu-Jiang-Feng（northeast monsoon）及 Guiren（those who can help you）。但外國網路讀者之主要訴求是資訊溝通，他們不會在意原文形式，所以筆者建議直接採用語意翻譯策略，將「吃飯配菜脯」及「高人」分別改寫成「吃的像乞丐」及「聰明、能幹的人」，則其機器英譯分別為：Eat like a beggar 及 Smart, competent people。綜而言之，高品質的機器譯文，必須仰賴高品質的控制性語言書寫（Quality MT needs quality controlled writing），所以我們必須嚴格管控網頁書寫之句構、文法及字彙；愈是簡單的表述方式，則其多語機譯品質會更好、更容易理解，且更能達成跨界溝通之目的。

參、節慶網頁控制性漢語書寫範例

　　以下使用數則台灣節慶主題的網頁文本為例，說明如何援用分析與檢視—改寫與轉換—重寫與編輯的三段式控制性語言書寫方式，將其改寫成機譯系統可處理的漢語文本，俾產出之譯文方便外國人閱讀，進而有利台灣本地文化之傳達與散播。首先由自然漢語文本分析做起，我們先分析詞彙特性，接著進入句構、文法，最後再考慮語用及技術層面。分析完畢後，再將自然漢語文本改寫成控制性文本，並送入 Goolge Translate 轉換成英語。最後，從英語譯文錯誤中提出改寫策略。

　　所有網頁文本範例皆使用段落為分析與檢視單位，因為段落是一般網頁讀者快速閱讀或掃瞄訊息時的最小單位。值得一提，這些網頁文本範例皆參考台灣大百科全書、台灣節慶、台灣民俗及跨文化藝術交流協會之網頁內容，再經過改寫、重整，將其分成三個區塊：歷史及社會文化背景、重要活動、文化意涵（見史宗玲教學網站），使讀者更容易清楚取得資訊。

範例一、中元節

台灣稱無人祭拜的孤魂野鬼為「好兄弟」，因此普渡也稱為「拜好兄弟」。台灣的普度分為公普和私普，公普是地方寺廟舉行法會，聘請僧侶或道士作法普度孤魂野鬼。私普是指各行各業自行協調一天聚

集普度，而民間在自家門口擺設祭品進行祭儀，則稱為家普。

[Lit: Taiwanese call wandering ghosts "Hǎo xiōngdì" (lit: good brothers), so Pudu is also called "Praying to Hǎo xiōngdì". There are public Pudu and private Pudu in Taiwan. Public Pudu is held in local temples, and monks or Taoist priests are invited to host the ceremony. Private Pudu is organized by individual institutions and companies. Businessmen can choose one day in the ghost month to hold Private Pudu. If Pudu is held by individuals at home, the ceremony is called Home Pudu.]

＜一＞分析與檢視：找出語意不清及漢語獨特的表述用語、檢查自然漢語句構是否符合 SVO 或 SVX 結構、是否符合英語文法，並是否符合西方人士閱讀習慣及文化背景。

1、語彙分析
①一詞多意：公普、私普、家普。
②成語/四字片語：孤魂野鬼、各行各業。
③文化相關用詞：好兄弟、普渡、法會、作法。
④古典用詞：在自家、祭儀。

2、句構分析
①第一句是主─謂─賓/SVO 結構，但主詞「台灣」在語意上怪異，仍需修改。
②第二句共有三個子句；第一子句的結構是：「台灣的普渡」（S）+「為」（V）+「公普和私普」（O），不需修改；第三子句在動詞「聘請」前缺乏主詞。

③於第二句中，三個子句之間缺乏連接詞。

④第三句是主—謂—賓/SVO 結構，但其子句「則稱爲家普」前缺乏
主詞及連接詞。

3、文法分析

①第二句中「地方寺廟」前缺少介詞，且不應放在動詞「舉行」前。

②此外，「法會」前沒有不定冠詞及量詞「一場」。

③「作法」及「普渡野鬼」之間亦欠缺不定詞「以」隔開。

4、語用分析

①第一句「拜好兄弟」與第二句「普度孤魂野鬼」訊息重疊，所以
可合併且簡化之。

②第二具的開頭「普渡分爲公普與私普」是多餘訊息，亦可刪除。

<二>改寫與轉換：刪除累贅資訊後，將自然漢語文本改寫成控制
性漢語。接著將控制性漢語文本送入 Google
Translate 轉譯成英語。

1、詞彙改寫

①四字片語「孤魂野鬼」以「流浪的鬼魂」代替。

②文化用語如：「法會」直接以「道家儀式」取代；「作法」則改成
「主持儀式」。

③一詞多意的公普、私普、家普，亦是文化用詞，故皆以英語表示，
如：Public Pudu、Private Pudu、Family Pudu。

④「各行各業」直接以「一些機構及公司」取代。

⑤「在自家」改成「在家」；「祭儀」改成「該儀式」。

2、句構及語用改寫

①原第一句部分訊息刪除，簡化成「在台灣，流浪鬼魂被稱作好兄弟）」。

②原第二長句改寫成四個短句，包括：1)「台灣的 Pudu，被分成 Public Pudu 及 Private Pudu」；2)「Public Pudu 可以被舉行，以祈禱向鬼魂」；3)「該當地寺廟是他的場地」及 4)「僧侶和道士將會被邀請來主持該儀式。」使用被動式可增加英語及其它歐語機譯之文法、語法正確性。

③原第三句改寫成三個短句，包括：1)「Private Pudu 將被舉辦，由一些機構及公司，在某一天」；2)「人們也可以祈禱向鬼魂在家」及 3)「該儀式是被稱為 Family Pudu」。

3、改寫之控制性漢語文本

依據上述原則，將網頁自然文本改寫成控制性漢語如下：

在台灣，流浪的鬼魂們皆被稱作好兄弟。台灣的 Pudu，被分成 Public Pudu 及 Private Pudu。Public Pudu 可以被舉辦，以祈禱向鬼魂。該當地寺廟是它的場地。僧侶和道士將會被邀請來主持該儀式。Private Pudu 將被主辦，由一些機構及公司。此外，人們可以祈禱向鬼魂在家。該儀式是被稱為 Family Pudu。

4、轉譯成英語

當我們將改寫的控制性漢語文本放入 Google Translate，其線上自動英語譯文如下：

In Taiwan, the wandering ghosts are called brothers. Taiwan Pudu, is divided into Public Pudu and Private Pudu. Public Pudu can be organized in order to pray to the ghost. The local temple is its venue. Monks and priests will be invited to preside over the ceremony. Private Pudu will be hosted by a number of organizations and companies. In addition, people can pray at home to ghosts. The ceremony is known as the Family Pudu.

＜三＞重寫與編輯：針對機器英譯錯誤去重寫原文或稍作編輯。
閱讀英語機譯後，我們發現兩句有文法及語意不清楚之錯誤（劃線部份）如下：
①語詞錯誤：In Taiwan, the wandering ghosts are called brothers.
②贅詞錯誤：Private Pudu will be hosted by a number of organizations and companies.
我們將此兩句重寫為：
①在台灣，流浪的鬼魂們皆被稱作 Hǎo xiōngdì（好的兄弟們）。
②Private Pudu 將被主辦，由機構及公司。
其英語機譯為：
①In Taiwan, the wandering ghosts are called Hǎo xiōngdì（good brothers）.
②Private Pudu will be hosted by organizations and companies.　.

經由重寫修正後，其英語機譯顯然有所改進。改寫後的控制性漢語共有七句，比原段落三句多出四句，所以控制性漢語平均句長是 16 字（112/7），比原段落平均句長 38.6 字（116/3）少了約 22.6 個字。如此一來，短句機譯可符合西方人士偏好閱讀低訊息容量文本的習慣。最重要是短句減少了機譯系統的語料比對負擔，縮小其尋找的範圍，進而提升其譯文的語意及文法正確性。

範例二、中元節

七月的鬼祭，基本上是一種人飢己飢、人溺己溺、惠及眾鬼的思想，至於鬼魂是否存在？七月是否為鬼月？其實並不重要，在台灣中元祭中所呈現的悲天憫人、普及鬼魂的愛心，才是七月中元祭真正的意義。

[Lit: Basically, the Ghost Festival marks an ideal of humanism, suggesting that we cannot eat much when seeing many people hungry and we cannot just watch when people are being drowned; that's to say, we have to love all the ghosts. It does not matter whether ghosts exist and whether Lunar July is a ghost month. Rather, the festival demonstrates human's sympathetic spirit and universal love, which is the true meanings of the Ghost Festival in July.]

＜一＞分析與檢視：分析與檢視特殊的語彙或表述、句構、文法及語篇（重覆或太過累贅）。

1、 詞彙分析

①四字片語：人飢己飢、人溺己溺、惠及眾鬼、悲天憫人
②語意不清：普及鬼魂
③文化用詞：鬼祭、中元祭

2、 句構分析

①「七月的鬼祭」可當作主語，「是」乃是動詞，而「XXX 的思想」可作為受詞。

②「至於鬼魂是否存在？七月是否爲鬼月」與前面的子句之間沒有使用句號隔開，故文法錯誤。

③另一句「在台灣中元祭中」可視爲介片，而「所呈現的…」是主詞，「才是 XXX」是動詞及受詞。

3、文法分析

①形容詞「所呈現的 XXX」不合乎英語慣用的形容詞表述。

②「七月」前應增加介詞「在」，並將「在七月」放置句尾。

4、語用分析

①「人飢己飢」與「人溺己溺」呈現相同意義不需重疊使用。

②「悲天憫人」就是「人飢己飢」的精神，所以前後訊息又重複。

③「惠及鬼魂」與「普及鬼魂」表達相同意義，無須重複。

④第二行與第三行同時出現「中元祭」。

<二>改寫與轉換：刪除不必要訊息，並將自然漢語文本改寫成控制性漢語。

1、詞彙及句構改寫

①將文化用詞「鬼祭」及「中元祭」改成一般用語「中元節」。

②將「中元節」直接以英語 Ghost Festival 表示。

③將「悲天憫人」改成「慈悲心和愛心」。

④將「人們鬼祭」改成被動式「中元節是被慶祝」。

2、語用改寫

①將「人飢己飢、人溺己溺、惠及眾鬼」的表述壓縮成「人道主義

的精神」。

②將「至於鬼魂是否存在？七月是否爲鬼月？其實並不重要」刪除。
　該句像是自問自答，不是客觀事實的描述。

③將最後一句「才是七月中元祭眞正的意義」改成精簡表述：「這是
　最重要的文化價值」。

3、改寫的控制性漢語

依據上述原則，將網頁自然文本改寫成控制性漢語如下：

在七月，Ghost Festival 是被慶祝，以顯示人道主義的精神。人們可以
表現出慈悲心和愛心，給所有鬼魂們。這些是最重要的文化價值。

4、轉譯成英語

當我們將改寫的控制性漢語文本放入 Google Translate，其線上自動英
語譯文如下：

In July, Ghost Festival is celebrated to show the humanitarian spirit. People
can show compassion and love to all the ghosts. These are the most important
cultural values.

＜三＞重寫與編輯：針對機器英譯錯誤去重寫控制性漢語或作編輯。
閱讀英語機譯後，我們發現英語機譯很清楚，不需要重寫。改寫後
的控制性漢語段落共有三句，全段落共有 56 字，比原段落 91 字少
了 35 字，內容更爲精簡。此外，控制性漢語的平均句長是 18.6 字，
比原段落平均句長約 49 字少了約 30.4 個字，當然減輕機器翻譯的困
難度。若是印歐語言使用者將控制性漢語文本或英語機譯送入線上
Google Translate 譯成他們本國的語言時，相信也能夠閱讀到「可知

可解」的歐語機譯，所以訊息溝通沒有問題。

範例三、媽祖誕辰

明朝末年漢族移民爲逃避饑荒、戰禍，紛紛來台尋求新的生機。由
於當時的航海技術簡陋，許多移民遭遇船難，於是航海之神——媽
祖，成爲渡海移民心靈的依靠。人們將媽祖的神像供奉在船上，祈
求航海平安。再加上台灣地區早期交通運輸也是以航運爲主，沿海
居民又多以捕漁爲生，因此媽祖信仰日益普及，媽祖廟也因此分布
於沿海港、河岸、渡頭一帶。

[Lit: In the late Ming Dynasty, a group of Han Chinese immigrated to Taiwan
to escape famines and battles. Because of their poor sailing technology, many
people died in shipwrecks. Thus, the immigrants sought protection from Sea
Goddess, Mazu. They put Mazu's statue in ships and prayed for Mazu's
protection and for a safe journey at sea. In early days, many people in Taiwan
lived on fishing and their main transportation was boats, so the Mazu belief
was popular. And Mazu temples were built along riverbanks and in the
neighborhood of ferry piers and ports.]

＜一＞分析與檢視：控制性漢語改寫前，必須進行詞彙、句構、文
法及語用分析與檢視，以檢查自然漢語文本的
詞彙是否有特殊的用法或形式、結構是否符合
SVO 或 SVX 句型，且是否符合英文文法及是否
訊息重覆、累贅。

1、 詞彙分析

①一詞多義：「生機」可能是「生命機制」或「生理機能」或「生存機會」等等。

②語意不清：「心靈的依靠」是不具體的表述，恐會造成 MT 系統誤譯，故建議整句改成「這些移民，祈求了向 Mazu 雕像。該目的是尋求生命的安全」。

③四字片語：「日益普及」無法找到相同的英語片語取代。

④文化用詞：媽祖

2、 句構分析

①第一句是：「漢族移民」（S）+「來」（V）+「台灣」（O）+「以求新的生機(X)」。

②第二句是：「許多移民」（S1）+「遭遇」（V1）+「船難」（O1）+「於是」（連接詞）+「媽祖」（S$_2$）+「成為」（V$_2$）+「渡海移民心靈依靠」（O$_2$）。

③第三句是：「人們」（S）+「媽祖的神像」（O1）+「將‧‧‧供奉」（V）+「在船上」（X），「祈求」（V$_2$）+「航海平安」（O$_2$）。此句中，「祈求」前應添加不定詞「以」，以表示目的。

④第四句是：「台灣地區早期交通運輸」（S1）+是（V1）+「以航運為主」（X）+（無連接詞），「沿海居民」（S$_2$）+（無動詞）+「以捕魚為生」（X），「因此」（連接詞）+「媽祖信仰」（S$_3$）+「日益普及」（V$_3$）+（無連接詞），「媽祖廟」（S$_4$）+「分布」（V$_4$）+「於沿海港、河岸、渡頭一帶」（X/介片副詞）。此句中，欠缺兩個連接詞及一個動詞，同時句子也太長。

3、文法分析

①「明朝末年」前無介詞「在」或「於」，應改成「於明朝末期」（注意：「末年」改成「末期」）。

②「新的生機」前缺乏不定冠詞，應改成「一個新的生存機會」。

③「尋求」、「祈求」前應增加不定詞「以」。

④「再加上」應改成副詞「此外」。

⑤「以捕魚為生」文法詞性不清楚，應改成動詞片語「去捕魚以賺錢」。

4、語用分析

①「逃避飢荒、戰禍」其實就是「尋求新的生命機會」，所以訊息重覆，可將前者刪除。

②省略「人們將媽祖神像，放置在船上」。

③媽祖廟分布於沿海，即表示媽祖信仰日益重要，故可將後者省略。

＜二＞改寫與轉換：刪除累贅及不符合西方社會文化的資訊後，再將自然漢語文本改寫成控制性漢語。接著將控制性漢語文本送入 Google Translate 轉譯成英語。

1、詞彙改寫

①將「尋求新的生機」改成「為生存」。

②將文化用詞「媽祖」直接以英語 Mazu 表示。

③將「遭遇船難」改成「失去了性命，在船難」。

2、文法改寫

①將「航海技術很糟」添加「當時是」，表示過去式的 be-動詞。

②於「許多移民失去性命」中，必須在動詞「失去」後添加「了」，表示過去式。

③於「Mazu 廟宇」後增加「都」表示複數動詞。

3、句構及語用改寫

①第二句中，將「由於…」，改成獨立子句「航海技術當時是很糟」。

②「沿海居民」拆成兩個單位：一是介片「在沿海小鎮」；另一是「居民」。

③最後一子句「Mazu 廟分布於…」是主動式，可改寫成被動式「Mazu 廟宇都被建立…」。

④原第二句後半部與第三句合併成為較精簡的兩個短句：1)「所以，這些移民，祈求了向 Mazu 雕像。」2)「該目的是尋求一安全的旅程。」

4、改寫的控制性漢語

依據上述原則，將網頁自然文本改寫成控制性漢語如下：

於明朝末期，漢族移民來到台灣，為生存。航海技術當時是很糟。許多移民失去了性命，在海上。所以，這些移民祈求了向 Mazu 雕像。該目的是尋求一安全的旅程。Mazu 是被稱為「航海女神」。在沿海小鎮，居民必須去捕魚以賺錢。為此原因，許多 Mazu 廟宇都被建立，在港口，及沿著海岸。

5、轉譯成英語

當我們將改寫的控制性漢語文本放入 Google Translate，其線上自動英語譯文如下：

In the late Ming Dynasty, Han Chinese immigrants came to Taiwan for survival. Seamanship was bad. Many immigrants have lost their lives at sea. Therefore, these immigrants prayed to Mazu statue. The objective is to seek a safe journey. Mazu is known as "marine goddess." In the coastal town, the residents have to go fishing in order to make money. For this reason, many of Mazu temples have been established in the harbor, and along the coast.

＜三＞重寫與編輯：針對機器英譯錯誤去重寫控制性漢語段落。

閱讀英語機譯後，我們發現一些錯誤（劃線部份）如下：

①語詞錯誤：Seamanship was bad.

②動詞時態錯誤：Many immigrants have lost their lives at sea.

③語詞錯誤：Mazu is known as "marine goddess."

此外，many of Mazu temples 雖不是重大錯誤，但改成 many Mazu temples 仍較理想。我們將此三句重寫為：

①該航海科技當時是很糟。

②許多移民失掉了性命，在海上。

③Mazu 是被稱為「海女神」。

其英語機譯為：

①The Navigation Technology was bad.

②Many immigrants lost their lives at sea

③Mazu is known as the "sea goddess."

改寫後的控制性漢語文本比自然漢語文本簡短許多，所以其訊息較易爲機譯系統處理，而其多語機譯的品質亦會大幅改進。

範例四、炸寒單

臺東每年炸寒單爺的儀式，是由眞人扮演出巡的「肉身寒單」，站立在俗稱「軟轎」的籐椅上，由 4 名轎夫抬著在大街小巷中逡巡，沿街信眾與店家紛紛點燃鞭炮或將鞭炮繫於竹竿上，朝向寒單爺身上「轟炸」。一般擔任寒單爺的人會以花臉扮相，上身赤裸，僅在頭上裹紅布巾，下身穿著紅色短褲，一手執榕葉護體，以驅散流竄的炮竹。「炸寒單爺」除了是台東元宵節慶的重頭戲以外，也成爲台東獨特的地方文化特色。

[Lit: In Taitung's "Bombing Handan" event, the role of Handan is played by a genuine person who stands on a ratten chair, commonly known as chair sedan, carried by four persons patrolling through big and small streets. Many believers and shop-owners set off firecrackers and bomb Handan with firecrackers that are tied to a bamboo pole. The role of Handan has a colorful face, naked on the upper body, wrapped with a red towl on the head, wearing red shorts and carrying Banyan leaves to protect his body and to disperse firecrackers. In addition to a key event on the Lantern Festival, "Bombing Handan" has added cultural value to Taitaung.]

<一>分析與檢視：依照三階段書寫方法，我們需要檢視漢語詞彙
　　　　　或表述是否有特殊的用法或形式、結構是否符
　　　　　合 SVO 或 SVX 句型、文法是否符合英文用法及
　　　　　訊息是否重覆、累贅。

1、 詞彙分析

①四字片語：大街小巷、花臉扮相。

②俚語：店家、重頭戲。

③古典詞彙：流竄、逡巡。

④單音節字：軟轎、下身、上身。

2、 句構分析

①第一句中，「台東炸寒單爺的儀式」是話題，其餘部分，如「是由
　真人扮演出巡的...」、「由四名轎夫...」、「沿街信眾...」皆是評論，
　不符合 SVO 或 SVX 句型。

②第二句中，「擔任寒單爺的人」是主詞，「會以...」是動詞，其餘
　皆是補語，但沒有連接詞或介詞連接。

③第三句中，「炸寒單爺」是話題；「除了是台東...」是評論一，而
　「成為台東...」是評論二，不符合 SVO 或 SVX 句型。

3、 文法分析

①將「台東炸寒單爺的儀式」改成一個介片「在台東」及一個名詞
　片語「Bombing Handan 儀式」。

②左側形容詞「由真人扮演出巡的」必須改成獨立子句。

③「上身赤裸」前應加上所有格「他的」。

④「在頭上」應改成「他的頭」。

⑤為使第三人稱主詞與動詞一致，可於主詞後增加主動詞「將會」。

⑥「紅布巾」前須加「一條」。

4、語用分析

①「肉身寒單」與「上身赤裸」重疊，所以前者可省略。

②「沿街信眾與店家」並不重要；「燃放鞭炮」才是重要。

③「花臉扮相」不重要；最重要的是「上身（僅穿著=短褲）赤裸」才顯現「炸寒單」的威力，所以前者可省略。

<二>改寫與轉換：將原文刪除累贅訊息後，再改寫成控制性漢語。

　　　　　　接著將控制性文本送入 Google Translate 轉譯成英語。

1、詞彙改寫

①將文化用詞「軟轎」直接以英語 chair sedan 表示，且將單音節字「上身」改寫成雙音節字「上半身體」。

②將文化用詞「炸寒單」直接以英語 Bombing Handan 表示。

③將「信眾與店家」改成「人們」，且將「下身」改成「他」。

④將俚語「重頭戲」改成「文化盛事」。

⑤將俚語「在大街小巷」刪除。

2、句構及語用改寫

①第一句改成七句，包括：1)「在台東（Adv/介片），"Bombing Handan"（S）是（V）一重要儀式（O）」；2)「該儀式（S）被舉行（V）每年（Adv）」；3)「Handan（S）是被扮演（V），由一真人（Adv/介片）」；4)「Handan（S）是被要求（V1）站上了（V2），一椅子

（O），俗稱 chair sedan，在他的巡邏中（Adv/介片）」；5）「鞭炮（S）皆是被綁（V）在竹竿上（Adv/介片）」；6）「且人們（S）放（V）鞭炮（O）。；7）「所以，Handan（S）將被轟炸（V）」。

②第二句改成五句，包括：1）「Handan（S）是（V）裸體的（Adj），在他的上半身（Adv/介片）」；2）「他的頭（S）<u>經常是被裹著</u>（V）一條毛巾（O）」；3）「他（S）<u>經常是穿著</u>（V）紅短褲（O）」；4）「此外，他（S）將握住（V）一些樹葉（O）」；5）「該目的（S）是保護（V）他的身體（O），和（Conj）驅散（V）砲竹（O）」。(值得注意：增加副詞「經常」於「是」之前，英譯動詞會是 "is")

③第三句改成：「這活動（S）是（V）非常重要（Adj）且（Conj）獨特（Adj），在台東（Adv/介片）」。

3、改寫的控制性漢語

基於上述詞彙、句構及語用改寫原則，所改寫的控制性漢語如下：
在台東，"Bombing Handan" 是一重要儀式。該儀式被舉行每年。Handan 是被扮演，由一真人。Handan 是被要求站上了一椅子，俗稱 chair sedan，在他的巡邏中。許多鞭炮皆是被綁在一竹竿上。且人們放鞭炮。所以，Handan 將被轟炸。Handan 是裸體的，在他的上半身。他的頭經常是被裹著一條紅毛巾。他經常是穿著紅短褲。此外，他將握住一些樹葉。該目的是保護他的身體，和驅散砲竹。這文化盛事是非常重要且獨特的，在台東。

4、機器英譯

當我們將改寫的控制性漢語段落放入 Google Translate，其線上自動英語譯文如下：

In Taitung, "Bombing Handan" is an important ceremony. The ceremony is held every year. Handan is played by a real person. Handan is asked to stand on a chair, commonly known as chair sedan, in his patrol. Many fireworks are all tied to a bamboo pole. And people set off firecrackers. So, Handan will be bombed. Handan is naked in his upper body. His head is often wrapped in a red towel. He is often dressed in red shorts. In addition, he will hold some leaves. The purpose is to protect his body, and disperse firecrackers. This cultural event is very important and unique in Taitung.

＜三＞重寫與編輯：針對機器英譯錯誤去重寫控制性漢語段落。

閱讀英語機譯後，我們發現發現一些錯誤（劃線部份）如下：

①語用錯誤：In Taitung, "Bombing Handan" is an important <u>ceremony.</u>

　　　　　　（註：外國人將大型活動視爲 event，不是 ceremony）

②語用錯誤：<u>The ceremony</u> is held every year.

③文法錯誤：Handan is naked <u>in</u> his upper body.

我們將此三句重寫爲：

①在台東，"Bombing Handan"是一重要<u>盛事</u>。

②該<u>盛事</u>被舉行每年。

③Handan 是裸體的，<u>上</u>他的上半身。

其英語機譯爲：

①In Taitung, "Bombing Handan" is an important <u>event.</u>

②The <u>event</u> is held annually.

③Handan is naked, <u>on</u> his upper body.

經由重寫修正後，其英語機譯顯然有所改進。原自然漢語文本只有

三句,每句皆很長,經過控制改寫後,變成了十二句,所以每句的訊息密度降低,從 62 字降至 14.6 字。此外,全段落共有 175 字,比原段落 186 字少了 11 字,內容更為精簡,故 MT 系統較容易處理,而其譯文的語意及文法的正確性也相對提高。

肆、結語

　　文化分享是理解的起點亦是各國家、民族重視及認同自我文化的表徵。同時節慶文化是一個民族延續的共同記憶,不能遺忘或流失。在全球化時代裡,各國家、民族及地方的文化真相,可藉由翻譯科技之應用及協助,從來源地出發,傳播出去,才不會失真或被扭曲。如上所述,當我們透過線上 Google Translate 免費的多語翻譯,向外傳輸臺灣文化,可謂使用最低成本而達成最高文化交流效益之方法(get more from less)。

　　翻譯科技可為我們解決文化交流與溝通的困境,目前台灣政府單位或部門已建置雙語網站,其目的是提供東南亞新住民一些英語資訊及促進台灣觀光產業發展。然而,不是所有的台灣新住民或來自其他國家的觀光客皆能看懂英文書寫的網頁資訊,所以我們必須考慮提供多語翻譯服務。若是我們能以控制性漢語書寫所有的文化網頁,則台灣新住民能夠使用線上 Google Translate 譯成各種東南亞語言,將有助於他們多加認識及了解台灣的節慶文化及民間活動。如此一來,他們能夠融入台灣的社會,並減少一些文化衝擊(cultural shock)及降低他們的隔閡感(sense of alienation)。筆者的學生(Ben

Luo）曾將控制性文化文本放入 Google Translate 譯成泰語，再請認
識泰語的人士閱讀，發現其文意正確性及可理解性高達全文之 80％
以上。這現象更增加我們以控制性文本輔助東南亞語言機譯之信心。

　　進行控制性節慶文化書寫時，我們必須把一長句切割成許多短
句，就像把一張圖打碎成許多小塊，然後再藉由機器翻譯的拼圖方
式呈現其原貌。提供多語的機譯拼圖，可讓不同國籍人士經由閱讀
拼圖式的機器譯文，領略且認識台灣文化的種種面向。固然一張拼
圖不及一張寫實油畫或水彩畫來得逼真，但其傳遞資訊的功能是相
同的。

第五章 控制性漢語書寫——
台灣民俗網頁文本

壹、文化翻譯、世界接軌

隨著全球化時代來臨，各國間的經貿、醫藥、農業、科技及教育學術等合作日趨頻繁。為減少、避免合作過程中彼此因文化、思想差異而造成衝突與誤解，勢必加強跨界與跨文化間之交流。現今，東方國家印度的種姓制度（分成僧侶、戰士、商人及工人四個主要階級）、中國的一胎化政策、阿拉伯國家女子戴面紗等在西方世界人民的心中，皆是不人道、野蠻不文明的行為。但每一國家的教育、政治及社會制度皆與其歷史、文化、環境息息相關，絕非三言二語或外人可妄下論斷的。若不深入瞭解，而單以自我文化優越感或民族中心主義（ethnocentrism）的觀點去鄙視、譴責對方，很明顯的這是不明智、不合理的作法。由此可知，強化國與國之間的文化交流，可增進彼此的瞭解，減少因誤解而導致的摩擦，如此一來，世界各國可降低其衝突，並學習和睦相處，促使天下太平。

科技時代多媒體產品如 DVD、VCD、電視及電影等皆是幫助我們認識他國文化之重要載具。除此之外，網路亦是各國彼此交流的最佳平台，其製作成本遠比電視節目、電影等更為便宜，且可隨時更新、增減內容，所以我們應善加利用網頁媒介來傳達文化資訊。

眾所皆知，語言乃是文化溝通的主要載體，若欲營造友善的閱讀環境，就必須提供多語翻譯服務，俾不同國家人民可以選擇他們熟悉的語言來閱讀網頁資訊。談到語言使用的議題，2000 年歐盟已簽署《基本權利憲章》（charter of fundamental rights），指出多元文化、宗教及語言皆須受到同等重視，不應有差別待遇或歧視。至目前為止，歐盟總共使用 23 種語言，如丹麥語、捷克語、保加利語等（引自林慶隆等，2012）；他們僱用了近 500 名筆譯人員來執行翻譯工作，花費之成本不可小覷。為兼顧降低成本及擴大語言服務範圍，我們可考慮使用線上機器翻譯軟體，但如前所述，目前 MT 系統的技術發展仍然有限，不同語系的機譯處理比同語系的機譯處理更不理想。有鑑於此，為了提高多語機譯之溝通效益，我們可使用控制性漢語來書寫網頁，使其適合目前的 MT 系統譯入多國語言。

以控制性語言書寫送入線上機器翻譯系統處理，如：Google Translate（可支持 72 種語言），產出歐語譯文之理解程度平均約可達 70% 以上（史，2011），如此一來，即可減少跨文化溝通之障礙。透過跨文化溝通，不同民族彼此了解，因而減少排斥和誤解，例如：臺灣民間的冥婚習俗，並不是怪誕迷信，而是在反映古時代男性社會中重視香火延續及女性需靠結婚才有後代子孫祭拜的習俗。其次，跨文化溝通亦有助於人類擴充視野、認識新事物及培養多元文化意識，另亦可強化不同族群或國家人民之間的聯繫感（a sense of alliance），增加彼此關懷、協助，以共同解決世界性的環保及經濟議題。

簡言之，於現今全球化時代裡，文化交流及資訊傳播日益重要，我們可善加利用機器翻譯系統來為人類提供語言服務。但科技有其侷限性，故仍需人力協助，例如：透過前機器翻譯編輯，將自然語

言文本改寫成控制性文本，或藉由後機器翻譯編輯以改善機器譯文品質。一般而言，有了前端作業，後端作業自然就輕鬆許多（視翻譯語對不同而有所差異），但是為了方便網路讀者快速掃描資訊，必須提供即時語言服務，所以重點是放在前機器翻譯編輯，亦是嚴格管控為機器翻譯客製化的來源語網頁文本。通常控制性語言書寫掌控得愈好，其多語機譯品質自然會更好。

貳、民俗文化與翻譯策略

民俗文化（folk culture）可定義為「一種特定的生活形式」（"the lifestyle of a culture"），此乃是歷史相傳的「古老方式」（"old ways"）（qtd. in Education Com., 2006-2011）。根據 Luvleen Singh（2011）的說法，民俗文化與流行文化（popular culture）有所區別：前者意指世世代代流傳下來的文物，而後者是指受到大眾媒體與名人影響所造成的風潮；前者「會阻擋新的主流趨勢」（"hinder new and mainstream trends"），而後者是由中心/強勢者傳播至邊陲/落勢者（"is spread by hierarchal diffusion"），所以前者通常是顯著不同的東西（"unique and distinguished"），而後者是指雷同的東西（"the same sorts of things"）。一般而言，民俗文化具有濃厚的民族性和在地性，故有保存及宣揚的價值；如果在地文化能夠突顯其價值，則「愈在地化就代表愈國際化」，如：中國功夫、臺灣珍珠奶茶、瑞士名錶及日本壽司等。除了食物外，各地區或國家的特有民俗儀式，亦代表其特有的傳統文化、政治、宗教意識。這些民俗文化資訊若能透過網頁多語翻譯，將其傳送到世界各國，勢必有助於他國人民了解某一地

區的民俗習慣或其人民信守之道德、宗教價值，如此一來，必可增進跨國之間的友好邦交與互動關係。

民俗文化大致上可分為心理、行為及語言相關三大類別（馮逢，2003）。心理類別的民俗文化常與當地人民的宗教信仰息息相關，例如：台灣流行拜觀音、拜天公、拜地基主等，這些宗教信仰一直深植人心；藉由這些信仰，人們祈求神明庇佑、保護，以求安心作息和生活。行為類別的民俗文化意指儀式、行事及節慶活動，如：冥婚、作土、守靈、做十六歲、入厝、百日娶、神主牌、入贅、童養媳、做月子等。另一種語言類別的民俗文化則意指以語言記載人們特有的文化內容，如：神話、野史、傳說、諺語、民謠、山歌、說唱等。不同地區、國家的人民歷經不同的歷史背景與生活考驗，所奉行的文化習俗自然有所差異。例如冰島國家將海盜奉為英雄，但他國人民則輕蔑唾棄海盜。為了減少彼此誤解所造成的文化衝擊，人們可藉由旅遊或網路文化資訊，以接觸、了解他國文化，但旅遊所費不貲，不是人人所能負擔，而網路資訊則是一種更經濟便捷的知識管道，可為大眾所接受。不過值得注意，閱讀網路資訊之前仍必須克服語言溝通障礙。目前，線上多語翻譯是公認最便捷的翻譯輔助工具，但文化書寫含有許多俚語和習慣用語，如：四字片語、成語、俚語及與文化相關的人名、地名、物品名稱及一些文化儀式、活動名稱等；這些用詞會大幅影響機器譯文之可讀性和可理解性。有鑑於此，若要提升文化網頁之機譯品質，我們就必須控制來源語的文化用詞和特殊的文化表達形式。

對於文化翻譯，相關研究皆有不同看法，中國大陸學者（蔣紅紅，2004；王一寧，2012）主張使用音、意兼譯、異化策略或其他補救方式，保留原文化用語的民族色彩及地域特色，方能充份表達

文化用詞之涵義。蔣紅紅（2004）提及若只是使用意譯策略，將「年糕」譯成 "New Year's cake"，則外國人勢必無法體會中國人使用「高」與「糕」的諧音來表示「年糕」代表「年年升高」的祝福意涵。其次，她批評當代英國漢學家霍克斯（David Hawk）翻譯《紅樓夢》（*The Story of the Stone*）時，將「阿彌陀佛」譯成"May God bless my soul"，如此外國人會誤以為中國人自古以來即信奉基督教，故她建議直譯為"May Buddha bless my soul"。此外，若僅照字面意義直譯而不加上註解，恐亦會招致外國讀者誤解，如「玉皇大帝」直譯為"Jade Emperor"，西方人士則會誤以為他是掌管玉器的帝王；針對此，她建議採用音譯+意譯+註解，成為"Yuhuang Emperor（Supreme Deity of Taoism）"；另如中國俗話：「不見棺材，不落淚」，若直譯成："One would not shed tears until one sees one's coffin"，外國人一定會覺得很奇怪，因為若是人們知道自己快死了，且見到家人為他準備好棺材，當然會傷心落淚，有鑑於此，蔣（2004）建議採用改寫策略，將其譯成："One would not regret until one is in great trouble"，如此一來，該俗話之真正意涵「不到事態嚴重不罷手或不後悔」方能彰顯出來。甚而王一寧（2012）提議採用四個策略來處理文化翻譯，包括：音譯加註、直譯加註、借譯及附圖。王（2012）強調加註之目地仍是為了有效傳達資訊；然而，李宇等（2009）建議採用改寫策略來處理民俗文化翻譯，方能達成有效溝通之目地。由此觀之，無論採用何種策略，翻譯的結果仍須符合紐馬克（P. Newmark 1995）的溝通翻譯（Communicative translation）或是奈達（E. Nida，1964）的靈活等值（dynamic equivalence），意謂著譯文必須使西方讀者先了解其意涵後，再考慮文化保存的重要性。所謂溝通翻譯即是韋努堤（Venuti，1995）所提倡的歸化策略（domestication strategy），一

種以讀者爲導向的翻譯策略，讓讀者在他們熟悉的語境及文化背景下閱讀譯文。

　　黃秀玉（2012）曾調查台灣觀光局建立的網站和旅遊台灣雙月刊的文化用詞翻譯（包括節慶、民俗風情及食物類別），發現前者最常用的翻譯策略爲「歸化」，後者則是「異化」與「歸化」並行，但比例上仍偏重歸化，以求譯出其眞正意義，而不是照字面意義直接轉換。Tu，Y.-C.（塗語禎，2010）的研究中，曾針對文化用詞的三種翻譯策略：改寫、直譯及音譯，設計一份線上問卷調查，邀請二十三位外國人士協助填寫，結果發現偏好改寫策略的爲 62％；偏好直譯 20％；偏好音譯 18％。可見多數外國網路讀者仍視有效溝通爲評量譯文好壞的重要準繩。音譯基本上不能清楚表達意義，除非後面加上解釋，若太過冗長的解釋亦會令人生厭，所以，改寫或意譯仍是較爲理想的策略。

　　一般而言，人工翻譯皆是偏向採用改寫或意譯策略，那就更不用說機器翻譯，更是必須採用改寫或意譯策略，才能達成有效溝通之目的。但機器無法像人工譯者有能力於於翻譯過程中自動調整原文之表述及用詞，所以我們必須進行前機譯編輯，前編輯即是本書強調的控制性漢語書寫，如此方能幫助機譯系統產出有效溝通的譯文。當我們改寫原文的文化用詞時，大致上可採用三種方法：1）英文書寫；2）音譯再加上解釋；3）譯出其意義。例如改寫人名、神名或奇怪的食物名稱時，可採用音譯再加上解釋，所以「麻油雞」可編輯爲"Mayochi（芝麻油及雞，被燉成一種營養食物）"，則 GoogleTranslate 會將其英譯成"Mayochi（sesame oil and chicken，stewed into a nutritious food）"，亦可直接使用意譯將其編輯爲「芝麻油、雞燉」，則 Google Translate 會將其英譯成 "Sesame oil，chicken stew"。

又如：「紅粿」（red cake）可使用意譯將其編輯爲：「紅色糕餅，作爲一種供品」，則其機譯爲 "red pastry, as an offering"。

　　有些民俗儀式可以使用另一種說法描述之，俾其正確意義清楚呈現，如：「坐月子」可編輯成「產後照顧」，英語機譯爲 "postpartum care"；又如「作十六歲」可編輯爲「一成年儀式」，英語機譯爲 "an adult ceremony"；而「童養媳」可改成「小孩新娘」，機器英譯爲 "Child Bride"。至於四字片語或成語，只能改寫成一般用語表述，如：「軟土深掘」，可編輯成「一好人是容易地被剝削」，英語機譯爲："A good man is easily exploited"；而「守株待兔」可編輯爲「一人不做事，但他/她想要得到豐收」，英語機譯爲 "One does not do things, but he / she wants to get a good harvest"；至於「馬不停蹄」、「以痛止痛」可分別改寫成「一人不停止工作」、「痛苦可以被克服用痛苦」，英語機譯分別爲 "One does not stop working" 及 "Suffering can be overcome with pain"。

　　雖然文化用語改寫後，其機器英譯可以正確地傳達其語意，但其特有的語言形式或意象就不見了。例如：「馬不停蹄」一旦改成「不斷工作」，就失去一匹馬不斷奔馳的意象，而「守株待兔」中的懶人坐在樹下等待兔子的意象也不見了。因此有人質疑如此爲了使機譯品質良好而犧牲原文化用詞的意象，根本是本末倒置、削足適履之作爲。但筆者於此必須澄清說明：網頁文化文本之主要用途乃是清楚傳達資訊，而非作爲美學欣賞工具，所以不需刻意保留原文化表達形式，只需保留原文化概念或意涵即可。反之，若是一般紙本的文化書籍，可考慮作爲文化美學工具或文化藝術媒介，故採用之翻譯策略應當注意保留原文化意象。

　　線上機譯之目標讀者必然含蓋多種母語的國際人士，牽涉的文化背景與素養差異很大，為了顧及這些差異，就必須採用大家可共享的文化背景、認知結構及事實客觀描述，如此一來，控制性書寫/文本所產生的機器譯文方可為大多數人接受、了解，達成格特所謂的最佳關聯（optimal relevance）效果，此意謂著目標語讀者不需花費額外的心力、時間去詮釋或查閱相關資料，即能從譯文的上下文或語境裡，清楚地了解訊息。為了達此效果，改寫/編輯原文時，就必須儘量提供一些溝通線索（communicative clues），這些提示關照到讀者有限或不同的文化知識。行文至此，筆者必須強調控制性語言書寫者或前機譯編輯者必須將地方性、異質性、獨特性的用語或表述剔除，使其變成簡單、放諸四海皆準的用語，如此方能使機器譯文提供達成最佳關聯效果的溝通線索，以便網路讀者容易理解訊息之意涵。

參、民俗網頁控制性漢語書寫範例

　　為了說明如何透過 1）分析與檢視；2）改寫與轉換；3）重寫與編輯三步驟，將自然漢語文本改寫成控制性漢語文本，以提升其歐語的機譯品質，達成機譯輔助網路資訊有效溝通目的，特以下列數則有關台灣民俗活動為主題的網頁文本為例說明之。

範例一、鬧洞房

鬧洞房又稱「吵新娘」或「鬧新娘」，是要戲弄新娘意思，地點會刻意安排在庭院；如果地點在新房內，就稱爲「鬧洞房」、「鬧房」。鬧洞房的由來，有三種說法：一是說古時狐狸精最喜歡作弄新郎和新娘，在新婚之夜時，親朋好友要聚集在新房內，希望藉由陽氣來驅逐邪靈陰氣。二是據說蘇東坡的妹妹蘇小妹嫁給秦少游時，秦的好友以到新房祝賀爲名，實際上是大鬧洞房，對新娘大開玩笑，因此留下這個習俗。三則是怕新娘剛嫁到夫家不習慣而產生孤立感，所以大夥兒才齊聚新房，跟她開開玩笑。

[Lit: Chinese wedding games, also called "annoying the bride", are played to tease the bride at the deliberately-arranged yard; if the games are played in the bridal chamber, they are called "disturbing the bridal chamber". There are three legendary origins of wedding games. The first one is that on the wedding night, relatives and good friends gathered in the bridal chamber and therefore could expel fox banshees who were known to be fond of teasing the bride and the groom. The second one is that Su Xiaomei, Su Dong-po's sister, was married to Qin Shao-you, and Qin's good friends teased Xiaomei using an excuse of congratulations. The third one is that people gathered to tease the bride and helped reduce the bride's loneliness because the marriage sent her into a new home.]

有的是玩些「戲謔」新郎新娘的遊戲，開些無傷大雅的玩笑。此時無論長輩、平輩、小輩都聚在新房中祝賀新人、戲嬉打鬧，了無禁忌，故有「鬧喜鬧喜，越鬧越喜」之說。當今，這習俗仍存在。年

輕人喜歡去捉弄新婚夫婦以製造歡樂。

[Lit: Some games are played to tease the bride and the groom, and most of them are harmless jokes. Relatives and friends, be they senior, junior or of the same age, gather to congratulate the new couple, playing jokes without any constraint. People say that "more teasing, more joy". Today, this practice remains. Young people like to tease the newlyweds to create much fun.]

＜一＞分析與檢視：針對漢語詞彙、句構、文法及語用層面，逐一
　　　　　　分析與檢視其特殊形式與用法。

1、 語彙分析

①文化用詞：狐狸精、長輩、平輩、小輩、大夥兒、新人、夫家。

②四字片語：無傷大雅、鬧喜鬧喜、越鬧越喜、了無禁忌、戲嬉打
　　　　　　鬧、親朋好友。

③古典用詞：戲謔。

2、 句構分析

①該句「地點會刻意安排在庭院」，不合乎邏輯，「地點」不會自己
　安排，且訊息與後者重覆，故可省略。

②於第一句的後半部：「如果」（連接詞）＋地點（主詞）＋＿＿＿＿＿
　（無動詞）＋「在新房內」（介片/副詞），＿＿＿＿＿（無主詞）＋「就
　稱為」（動詞）＋「鬧洞房」（受詞）。此句欠缺一個動詞及一個主
　詞，必須補齊。

③原第二句中，「有的是」乃是話題（topic），而「玩些遊戲」及「開
　些...玩笑」乃是話題，此句構不符合 SVO 或 SVX 結構，故必須改
　寫之。

④三種說法的句構完全不符合 SVO 或 SVX 結構，且太過冗長，每兩個子句之間亦無使用連接詞，故需改寫及刪減部份訊息。

⑤「此時無論長輩、平輩、小輩都聚在新房中祝賀新人、戲嬉打鬧，了無禁忌」整句太過冗長，可簡化成：「一些親戚和朋友，老的或年輕的，會祝賀及戲弄新婚夫婦」。

3、文法分析

①「新郎的許多朋友」前必須加定冠詞「該」（the）。

②「以製造歡樂」中，「歡樂」前必須加不定冠詞「一個」，如「以製造一個歡樂氣氛」。

4、語用分析

①「吵新娘」、「鬧新娘」、「戲弄新娘」，皆是相同意義，所以只保留其一即可。

②原第一句中，「鬧洞房」出現二次，「鬧房」出現一次，皆表示同樣的訊息，可保留其一即可。

③外國讀者恐怕不相信狐狸精會捉弄新婚夫婦，故可刪除。

④外國讀者對中國文學、歷史不熟悉，故多數人不知道蘇東坡、蘇小妹及秦少游等人，建議可刪除這些人物。

⑤「玩些...遊戲」與「戲嬉打鬧」重覆，故可合併之。

⑥建議將「當今，這習俗仍存在」放到第二段開頭，作為語境轉折之用。「鬧喜鬧喜、越鬧越喜」是打油詩，必須重新改寫其表述。

<二>改寫與轉換：刪除累贅、重疊及不合西方社會文化的資訊後，再將自然漢語文本改寫成控制性漢語。接著將控制性漢語文本送入 Google Translate 轉譯成英語。

1、詞彙及句構改寫

①將「鬧洞房」直接以英語改寫成 Chinese wedding games；「新人」改成「新婚夫婦」；「狐狸精」刪除；「戲謔」改成「戲弄」、「夫家」改成「她的丈夫的家」。

②將「長輩、平輩、小輩」改成「一些親戚和朋友，老的或年輕的」。

③將「其地點會刻意安排在院子」改成「人們玩該遊戲，在院子或在洞房」。

④將「氣氛就愈熱鬧」改成被動式「愈快樂氣氛是<u>被創造</u>」。

⑤刪除及整併重覆之訊息。將第一句改成二個短句，包括：1）「"Chinese wedding games" 是被稱爲「戲弄該新娘」。」2）「人們玩該遊戲，在院子或在洞房」。

2、語用改寫

①「陰氣」、「因此這個習俗被留下」、「到夫家」，皆可刪除。

②刪除<u>一些</u>無謂的傳說或西方讀者不熟悉的人物或歷史背景。

③最後一句則改寫成較通用、淺顯的表述方式。

④添加次標題，如「歷史、社會及文化背景」與「重要作法與文化意義」。

⑤將有關鬧洞房的由來，<u>改用 F 型表示之</u>，以提昇表述之清晰度。

3、改寫之控制性漢語文本

依據上述原則，將網頁自然文本改寫成控制性漢語如下：

歷史、社會及文化背景

"Chinese wedding games" 是被稱爲「戲弄該新娘」。人們玩該遊戲，在院子或在洞房。這個習俗是形成，爲下列的原因。

①邪靈將會離開當人們待在洞房裡。

②該新郎的許多朋友想要表達他們的祝賀當他們戲弄新娘。

③該熱鬧的氣氛將不會使新娘感覺孤獨。

重要作法與文化意義

當今，這習俗 "Chinese wedding games" 仍存在。該戲弄的遊戲不能是太過份。在婚禮宴客後，一些親戚和朋友，老的或年輕的，將會停留來祝賀新娘。他們愈戲弄新婚夫婦，愈快樂氣氛將會被創造。年輕人都喜歡戲弄新婚夫婦，以創造歡樂氣氛。

4、轉譯成英語

當我們將改寫的控制性漢語文本放入 Google Translate，其線上自動英語譯文如下：

Historical, social and cultural background

"Chinese wedding games" is referred to as "teasing the bride." People play the game in the yard or in the bridal chamber. This custom is formed for the following reasons:

1. Evil spirits will leave when people stay in the bridal chamber.

2. The groom's many friends want to express their congratulations when they tease the bride.

3. The lively atmosphere will not make the bride feel lonely.

Important practices and cultural significance

Today, this custom, Chinese wedding games, still exists. The teasing game can not be too far. After the wedding banquet, <u>a number of</u> relatives and friends, old or young, will stay to congratulate the bride. The more they tease the newlyweds, the happier atmosphere will be created. Young people like to tease the newlyweds to create <u>joy</u>.

＜三＞重寫與編輯：針對機器英譯錯誤去重寫控制性漢語或作編輯。

閱讀英語機譯後，我們發現我們發現一些錯誤（劃線部份）如下：

①未標明地點：The lively atmosphere will not make the bride feel lonely.
　　　　　　　　（讀者不知道為何新娘覺得孤獨）

②語詞錯誤：After the wedding banquet, <u>a number of</u> relatives and friends, old or young, will stay to congratulate the bride.

③語詞錯誤：Young people like to tease the newlyweds to <u>create joy</u>.

上述三句可重寫為：

①該熱鬧的氣氛將不會使新娘感覺孤獨，<u>在一個新的家</u>。

②在婚禮宴客後，<u>親戚和朋友</u>，老的或年輕的，將會停留來祝賀新娘。

③年輕人都喜歡戲弄新婚夫婦，以創造<u>一個歡樂氣氛</u>。

其英語機譯為：

①The lively atmosphere will not make the bride feel lonely <u>in a new home.</u>

②After the wedding banquet, <u>relatives and friends,</u> old or young, will stay to congratulate the bride.

③Young people like to tease the newlyweds to create <u>a festive atmosphere</u>.

經由重寫修正後，其英語機譯之語意更清楚。原自然漢語文本只有

四句，每句皆很長，經過控制改寫後，變成了十一句，所以每句的訊息密度降低 (20.6 字)。此外，全文共有 227 字，比原文 327 字少了 100 字，內容更為精簡，故 MT 系統較容易處理，而其譯文的語意及文法的正確性也相對提高。如前章所述，網路使用者可將改寫後的控制性漢語文本送入線上 Google Translate 譯成他國語言，其歐語機器譯文之語意及文法正確性亦可達 70%以上。

範例二、坐月子

產婦生產後的第一個月內，對身體進行調理休養，稱為坐月子。坐月子進補的習俗，是從古早時代一代一代流傳下來的，與當時的生活環境和社會背景有關。由於傳統農業社會生活比較貧困，好吃的、營養的食物多給需要勞力耕田的男性吃，女性吃的較不營養，以致於多有營養不足的現象；再加上生產時身體的耗損，產後又必須親自哺餵母乳，因此多會利用生產過後「坐月子」這段時間，休息、進補一番。

[Lit: The postpartum mother has to eat and rest for health recovery in the first month after she delivers a baby and this practice is called "postpartum care". This folk practice has been passed down from generation to generation, having much to do with the lifestyle in ancient society. In the agricultural society, the poor life only allows men to eat nutritious food because they have to work in the farm. Most females are unhealthy because they do not eat adequately. After the child delivery and engery consumption, the postpartum mother has to rest and eat much so that she can be healthy and breastfeed the baby.]

為了補充產婦生產時所耗費的體力與營養，做月內期間會利用中藥材調養。平日三餐飲食，會吃滋補身體的食物，如以麻油、米酒炒豬肉、豬腰子、豬肝及麵線。麻油雞咸認是滋養產後婦女最重要的食補。由於產後母體較為虛弱，血氣循環較差，身體抵抗力不足，因此有許多做月內的禁忌，例如不能碰冷水或洗頭髮、洗澡，以免得「頭風」（類似偏頭痛）。

[lit: To supplement the energy consumed during delivery labor, it is essential to eat some food cooked with Chinese herbal medicine. For daily meals, postpartum mothers eat nutritious foods such as sesame oil, rice wine with fried pork, pork kidney, liver and rice noodles. Sesame chicken stew is unanimously viewed as the most important nutritious food for postpartum mothers in the Chinese community. Also there are some taboos for postpartum mothers to pay attention to because they are physically weak and have poor blood circulation and low immunity. The taboos include: no cold water, no body-washing, and no hair-washing (to avoid having a migraine).]

由做月子習俗可知傳統社會對女性生產的重視與謹慎，意謂著中國人重視擁有後代以傳宗接代。若產婦身體不健康，她將無法照顧小孩，且她不能再生育更多孩子。在今日，這習俗仍存在。

[Lit: The practice of postpartum care shows that ancient people emphasized women's childbirth. This also suggests that Chinese people stress the continuity of ancestors' family names. If a mother is unhealthy, she cannot take care of her newborn, nor can she produce more children. Today, the practice of postpartum care remains.]

＜一＞分析與檢視：辨識漢語中特有的文化詞彙或習慣用語，並檢
　　　　　　　　視原文句構及文法。此外，注意訊息是否重覆
　　　　　　　　累贅。

1、語彙分析

①文化用詞：坐月子、進補、頭風、麻油雞。

②四字片語：傳宗接代。

2、句構分析

①漢語句構著重語意，泰半以話題+評論（topic-comment）組成，所
　以需全部改成 SVO 結構。

②漢語句子太長，常以"；"串聯相似話題的句子，故造成解讀困難，
　建議改成短句。

③「女性吃的」（topic）「較不營養」（comment）應改成：女性（S）
　吃（V）較少食物（O）。

3、文法分析

①「傳統農業社會」前少了介詞「在」。

②「生活比較貧困」缺少 be 動詞。

③「平日三餐飲食」前應加上「除了」（考慮訊息累贅，可刪除）。

④「有許多坐月子的禁忌」使用左側/前置修飾詞，不符合英語偏用
　右側/後置修飾詞，故需修改。

4、語用分析

①「坐月子習俗與當時的生活環境及社會背景有關」之論述與接下
　來的論述語意重疊，故可刪除之。

②「產後必須親自哺餵母乳」不是重要訊息，故建議刪除之。

③「利用中藥材調養」是中國特有的食補，西方社會沒有此項做法，故建議刪除之。

④「以麻油、米酒炒豬肉...等」食物皆是東方社會中坐月子的補品，但西方社會沒有這些食物，爲了減輕外國讀者的解讀負擔，故建議刪除此資訊。

⑤「由於產後身體較爲虛弱，...」的論述已在前一段提及，故不需重覆說明，可刪除之。

⑥談及坐月子的禁忌時，例如不能洗頭髮、洗澡，這種作法已經不符合時代潮流，亦已經被廢除，所以我們需更新資料，以傳遞較正確資訊給外國讀者。

＜二＞改寫與轉換：刪除累贅、重疊及不符合西方社會文化的資訊後，再將自然文本改寫成控制性漢語。接著將控制性文本送入 Google Translate 譯成英語。

1、語彙及文法改寫

①將「坐月子」改成「產後照顧」；「進補」改成「吃營養食物」；「頭風」改成「偏頭痛」；「麻油雞」改成「芝麻油、雞燉」；「傳統農業社會」改成「在古代農業社會」；「傳宗接代」改成「孩子們能繼承他們祖先的姓氏」。

②爲表示過去式動詞，be-動詞「是」之前必須增加「當時」，如「該生活狀況當時是很差」。

③爲使「女人」、「婦女」、「小孩」英語機譯正確，建議增加「們」，以表示複數名詞。

④「小孩」前增加所有格「她們的」，則英語機譯之文法較爲正確。

⑤一些語彙如：「生活狀況」、「休息」、「目的」、「習俗」前需增加「該」，且將「營養不良」改成「不健康」，則可增加英語機譯之文法正確性。

⑥使用被動式，如「女子們不被允許去吃很多食物」。

2、語用改寫

①對於西方人士，「好吃營養食物留給男人吃」似乎不尊重女性；為了避免遭受男女不平等之指控，建議刪除之。

②將「她們生產時，會消耗體力」改成「分娩之後，婦女們的身體狀況當時是很虛弱」。

③將不能洗頭髮、洗澡等坐月子的禁忌刪除。

④將「產後必須親自哺餵母乳」、「利用中藥材調養」、「以麻油、米酒炒豬肉…等」之次要訊息或說明訊息刪除。

3、格式改寫

①為便利網路讀者能快速閱讀及有效地擷取重要訊息，我們可使用次標題來分段，如增加三個標題：1）歷史及社會文化背景、2）重要作法及 3）文化意義。

②以表列方式（F 型）來陳述內容。

4、改寫之控制性漢語文本

依據上述原則，將網頁自然文本改寫成控制性漢語如下：

歷史及社會文化背景

產後照顧通常持續，為一個月。該目的是改進婦女們的身體健康。在古代農業社會，該生活狀況當時是很差。女子們不被允許去吃很

多食物。因此，女子們不是很健康的。分娩之後，婦女們的身體狀況當時是很虛弱。所以，休息當時是需要。且她們必須吃營養食物。該休息持續，爲一個月。如此一來，她們的健康能夠恢復。

重要作法

"芝麻油、雞燉"被認爲是一項最重要的營養補給品。此外，幾項規則必須被遵循，如下。

1. 在產後照顧期間，婦女們不能碰冷水。

2. 洗完頭髮後，婦女們應該立即擦乾頭髮。所以她們將不會得到一個偏頭痛。

文化意義

產後照顧是被重視爲了下列原因：

1. 健康的母親能照顧她們的孩子。

2. 健康的母親能生更多孩子。

3. 健康的孩子們能繼承他們祖先的姓氏。

今日，該習俗仍然存在。

5、轉譯成英語

當我們將改寫的控制性漢語文本放入 Google Translate，其線上自動英語譯文如下：

Historical and socio-cultural background

Postpartum care usually lasts for a month. The aim is to improve women's health. In ancient agricultural society, the living condition was very poor. Women were not allowed to eat a lot of food. Thus, women are not very healthy. After childbirth, women's physical condition was very weak. Therefore, the rest was needed. And they must eat nutritious food. The rest continued for one month. Thus, their health can be restored.

Important practice

Sesame oil chicken stew is considered to be one of the most important nutritional supplements. In addition, several rules must be followed.

1. During the post-natal care, women can not touch cold water.

2. After washing hair, women should immediately dry hair. So they will not get a migraine.

Cultural significance

Postpartum care is being taken seriously for the following reasons:

1. Healthy mothers can take care of their children.

2. Healthy mothers can give birth to more children.

3. Healthy children can inherit their ancestral surname.

Today, the practice still exists.

＜三＞重寫與編輯：針對機器英譯錯誤去重寫控制性漢語或作編輯。

閱讀英語機譯後，我們發現一些錯誤（劃線部份）如下：

①動詞時態錯誤：Thus, women are not very healthy.

　　　　　　　　　Thus, their health can be restored.

②動詞時態錯誤：And they need to eat nutritious food.

③語用錯誤：Healthy children can inherit their ancestral surname.

上述三可重寫爲：

①她們的健康當時是很壞。

　如此一來，她們的健康當時是能夠被恢復。

②且她們吃掉了營養食物。

③當一家庭有一小孩，該家族姓氏可以被傳下來。

其英語機譯為：

①Their health <u>was</u> very bad.

   Thus, their health <u>was able to be</u> restored.

②And they <u>ate</u> nutritious food.

③<u>When a family has a child, the family name can be passed down</u>.

勿庸置疑，機譯最大問題是動詞時態前後不一致，但動詞時態前後不一致不會影響到西方讀者對於內容資訊之理解，所以不是很嚴重的文法錯誤。

範例三、歸寧

新娘出嫁時三天之內便要回娘家，稱為「歸寧」或「歸省」，又叫「三朝回門」。其故事由來與一位多話的小姐有關。結婚後她為了安分守己、取悅婆家，兩天兩夜都不開口說話；新郎可急壞了，他以為娶到了一個啞巴新娘。想來想去，丈夫決定休掉她。第三天，丈夫請來花轎，抬著小姐回娘家。半路上，她看到一隻正在啼叫的野雞，但野雞被獵人給射死了。小姐心中很難過，便隨口吟了首詩，內容強調沉默是金。丈夫聽到小姐的這些話，感到很吃驚，原來她不是個啞巴！丈夫開始後悔，想轉回去，但轎子已經到了娘家門口。焦急中他想到一個主意，見了岳父岳母就說今天是「回門」，娘家高高興興地接了他們小倆口。從此，新娘三朝回門就成了一種習俗，流傳至今。

[Lit: On the third day after wedding, the bride must go home to see her parents, and this practice is called "Gui-ning" or "Gui-xing", also "returning home three days after wedding." Its origin is related to a talkative lady. After marriage, to please her parents-in-law, she kept silent for two days and two nights; her husband was anxious, thinking she was dumb. After deliberate consideration, her husband decided to divorce her. On the third day, her husband sent her back home. On the midway, she heard a wild cock crowing and saw the cock shot by a hunter. She was sad and then recited a poem that suggested the value of silence. Hearing of her words, her husband was surprised, learning that she was not dumb. Her husband greatly regretted, thinking of going home, but it was too late and they reached the bride's home. Seeing the birde's parents, the groom suddenly came up with one idea. He told them that they came back to see them. The bride's parents were glad to receive them. From then on, it is a common practice that the bride returns home to see her parents on the third day after wedding, and this practice has been passed down till today.]

以前會以束帖方式或由娘家派一位小男孩登門邀請，現在往往用電話或結婚當天以口頭邀請。新郎及新娘回到女家，先拜見父母及尊長。他們會獻上禮物且正式會見弟妹子侄，俗稱「會親」、「結衫帶」。中午，女家設宴款待，俗稱「請子婿」、「會親宴」、「會親酒」。「請子婿」時，女婿要坐大位，他先動筷子，其他人才可動筷。退席時，女婿要放一個紅包在桌上，稱為「捧茶禮」。女家的親友也趁這個機會，對女婿品頭論足，俗稱「看団婿」。新郎陪新娘回家作客的程序禮遂告完成。

[Lit: In the past, the bride's parents often asked a boy to send an invitation card to the newlyweds. But today, the invitation is often given by phone or orally on the wedding day. After the newlyweds arrive at the bride's home, they must greet the parents and the elderly first. They have to send some gifts and meet the younger generation, called "meeting relatives" or "building the kinship". At noon, the bride's parents treat them with a big meal, called "treating the son-in-law", "a banquet for the groom to meet with relatives" or "the wine to drink for meeting with relatives". At the banquet, the groom is granted an honor seat and has to eat first before others get started. When the banquet is over, the groom must put a red envelope on the table, called "the gift for being served with tea". Also the bride's relatives take this chance to comment the groom, called "reviewing the son-in-law". At this moment, the entire procedure of visiting the bride's parents is completed.]

歸寧時帶的禮品皆具有象徵意義，如橘子象徵吉祥；蘋果象徵甜蜜；椪柑象徵肚皮膨脹，暗喻會懷孕；酒象徵美滿等。現今多以水果或禮盒代替。中午由女方設筵席，日落之前回婆家，因為前人俗信如果未在日落前回家將會生下女兒。歸寧含有新娘「成家不忘娘」之意，而女婿去拜見岳父母及親友，也藉以增厚姻親之誼。

[Lit: All the gifts the bride brings to her parents have symbolic meanings, such as the orange (a symbol of good luck), the apple (a symbol of harmony), the citrus (a symbol of pregnancy) and the wine (a symbol of happiness). Today, these items are replaced with some fruits or gift boxes. It is said that the newlyweds have to go home before sunset. Otherwise, they cannot have a son. In short, the folk practice of visiting the bride's parents has the cultural significance: married women cannot forget their biological parents after marriage. Additionally, this practice allows the son-in-law to strengthen his relationship with his parents-in-law and the relatives on his wife's side.]

＜一＞分析與檢視：分析詞彙、句構、文法及語用的不合宜之處。

1、詞彙分析

①文化詞彙：歸寧、會親、結衫帶、請子婿、會親宴、會親酒、請子婿、捧茶禮、看囝婿。

②四字片語：安分守己、設宴款待、品頭論足、姻親之誼。

③習俗用語：休掉、坐大位、拜見、女方、動筷、退席。

2、句構分析

①「便要回娘家」並無主詞，故須加上「新婚夫婦」，才符合 SVO 結構。

②「日落之前回婆家」缺少主詞，故須加上「這對新婚夫婦」。

③於「如果未在日落前回家，將會生下女兒」句子中，兩個子句皆缺乏主詞，故須添加「新娘」。

3、文法分析

①「拜見父母」用語中「父母」前可加上所有格「新娘的」。

②「含有新娘成家不忘娘之意」中，「新娘成家不忘娘」成為前置修飾語（pre-noun modifier/left-bracning structure），不符合英語偏用後置修飾語（post-noun modifier/right branching structure），故可將其改成獨立子句。

③「故事由來與一位多話的小姐有關」中介詞「有關」放置句後不
　宜，且缺乏 be-動詞「是」。

4、語用分析
①第一句有關歸寧之定義及故事由來之敘述太過冗長，故需分別改
　寫成較精簡的表述及故事摘要。
②有關邀請方式的敘述亦太過冗長，並且以何種方式邀請並不重
　要，故可改寫成較精簡的表述，如：「新娘父母會給新婚夫婦一個
　邀請」。
③有關禮俗用語，可刪除之。
④因為傳統的水果禮品已被其它禮盒取代，故原先一些水果的象徵
　意涵已不很重要，可整段刪除。

<二>改寫與轉換：刪除累贅、重疊及不合西方社會文化的資訊後，
　　　　　　　　再將自然漢語文本改寫成控制性漢語。接著將控
　　　　　　　　制性文本送入 Google Translate 轉譯成英語。

1、詞彙改寫
①「歸寧」改成「一新娘會回去看她的父母」或 visiting the bride's
　parents；「休掉」改成「離婚」；「坐大位」改成「重要的客人」；「拜
　見」改成「問候」；「岳父岳母」改成「新娘的父母」；「女方」改
　成「新娘的父母」；「動筷」改成「吃」；「退席」改成「離開宴席」。
②四字片語如：「安分守己」省略；「設宴款待」改成「邀請新婚夫
　婦」；「品頭論足」改成「評論」；「姻親之誼」改成「加強與他們
　的關係」。
③「會親」、「結衫帶」、「請子婿」、「會親宴」、「會親酒」、「請子婿」、

「捧茶禮」、「看囝婿」並無多大意義，而且現今人們亦不會引用，所以可直接刪除。「成家不忘娘」改成「新娘不能忘記她的母親，在結婚之後」。

2、句構改寫

①將第一句「新娘出嫁時三天之內便要回娘家，稱為「歸寧」或「歸省」，又叫三朝回門」改成兩個簡短句子「一新娘會回去看她的父母，在第三天婚禮後」及「這習俗被稱為 Guining」。

②「其故事由來與一位多話的小姐有關」改成「這習俗的由來是有關一名小姐」。

③「新郎以為娶到了一個啞巴新娘」改成被動式：「她當時被誤認為一個啞巴女人」。

④將「從此，新娘三朝回門就成了一種習俗，流傳至今。」改成兩句「從那時起，新娘必須回去看她的父母，在第三天婚禮後。」及「這習俗已經被傳遞下去直到今天」。

3、語用改寫

①「如橘子象徵吉祥；蘋果象徵甜蜜；椪柑象徵肚皮膨脹，暗喻會懷孕；酒象徵美滿等」可刪除，因為西方文化中，這些水果的象徵意涵與東方不一樣。

②將「結婚後她為了安分守己、取悅婆家，兩天兩夜都不開口說話」改成簡短句子「她嘗試去保持安靜，在她出嫁之後」。

③將「女婿要坐在最重要位置」改成「該新郎是被視為一最重要的客人」。

④將「歸寧時帶的禮品皆具有象徵意義。現今多以水果或禮盒代替」

改成「傳統地，新娘的禮物是象徵性的。現今，這些禮物已變成一些水果。他們不再有象徵的意義。」

4、格式改寫

①加上副標題，如：「歷史、社會及文化背景」、「重要作法」及「文化意義」。

②以條列方式說明歸寧的程序，將有助於讀者快速擷取資訊。

5、改寫之控制性漢語文本

依據上述原則，將網頁自然文本改寫成控制性漢語如下：

歷史、社會及文化背景

一新娘會回去看她的父母，在第三天婚禮後。這習俗被稱為Guining。這習俗的由來是有關一名小姐。她是很健談。所以，她嘗試去保持安靜，在她出嫁之後。且她當時被誤認為一個啞巴女人。為此原因，她的丈夫想要了與她離婚。她的丈夫送了她回家，在第三天婚禮後。突然地，她吟誦了一首詩，半路。她的丈夫明白了她能說話。然而，在此時刻，他們抵達了新娘的家。於是，她的丈夫想出了一個主意。他向新娘的父母說謊：「我們回來看你們」。從那時起，新娘必須回去看她的父母，在第三天婚禮後。這習俗已經被傳遞下去直到今天。

重要作法

新娘父母將會給新婚夫婦一個邀請。當新婚夫婦回來時，他們會先問候新娘的父母，且然後新娘的其他家人及親戚。他們會完成下列的事情。

1. 他們必須送出禮物。

2. 於宴席中，新郎是被視爲 No. 1 客人。

3. 該新郎必須首先吃。

4. 該新郎的紅包必須被放在桌子，在盛宴結束之後。

5. 人們使用該機會以批評該新郎。

根據傳統的習俗，這對新婚夫婦必須返回家，在日落前。如此一來，他們很快會有一兒子。

文化意義

傳統地，新娘的禮物是象徵性的。現今，這些禮物已變成一些水果。他們不再有象徵的意義。簡單地說，該作法 "visiting the bride＇s parents" 仍然存在，爲下列原因：

1. 在她的結婚之後，該新娘不能夠忘記她自己的父母。

2. 藉由該拜訪，新郎能夠加強他的關係與新娘的父母。

6、轉譯成英語

當我們將改寫的控制性漢語文本放入 Google Translate，其線上自動英語譯文如下：

Historical, social and cultural background

A bride will go back to see her parents, on the third day after the wedding. This practice is known as Guining. The origin of this custom is related to a lady. She is very talkative. So, she tried to keep quiet after she married. And she was mistaken for a dumb woman. For this reason, her husband wanted to divorce her. Her husband sent her home, on the third day after the wedding. Suddenly, she recited a poem halfway. Her husband understood that she could speak. However, at this moment, they arrived at the bride's home. So, her husband came up with an idea. He lied to the bride's parents: "We come back to see you." Since then, the bride must go back to see her parents, on the third day after the wedding. This custom has been passed down until today.

Important practice

Bride's parents will give newlyweds a invitation. When the newlyweds returned, they would first greet the bride's parents, and then the bride's family and other relatives. They will complete the following things.

1. They will send gifts.

2. In the banquet, the groom is regarded as No.1 guest.

3. The groom must first eat.

4. The groom's red envelope must be placed on a table, after the end of the feast.

5. People use this opportunity to criticize the groom.

According to the traditional custom, the newlyweds must return home before sunset. In this way, they will soon have a son.

Cultural significance

Traditionally, the bride's gift is symbolic. Nowadays, these gifts have become some fruit. They no longer have symbolic significance. Simply put, the practice of "visiting the bride's parents" still exists for the following reasons:

1. After her marriage, the bride can not forget her own parents.

2. With this visit, the groom can strengthen his relationship with the bride's parents.

＜三＞重寫與編輯：針對機器英譯錯誤去重寫控制性漢語或作編輯。

閱讀英語機譯後，我們發現一些錯誤（劃線部份）如下：

①動詞時態錯誤：She is very talkative.

②不定冠詞錯誤：Since then, the bride returns home to visit her parents, on the third day after the wedding.

③動詞時態及用詞錯誤：When the newlyweds returned, they would first greet the bride's parents, and then the bride's family and other relatives.

④單複數名詞錯誤：In the past, the bride's gift was symbolic.

上述四句可重寫為：

①她當時是很健談。

②從那時起，一新娘必須返回家去訪問她的父母，在第三天婚禮後。

③在他們的訪問時，他們會先問候新娘的父母。然後他們將會見新娘的其他家人，及親戚。

④傳統地，新娘的禮物皆是象徵性的。

其英語機譯為：

①She was very talkative.

②Since then, a bride must return home to visit her parents, on the third day after the wedding.

③In their visit, they will first greet the bride's parents. Then they will meet with the bride's other family members and relatives.

④Traditionally, the bride's gifts are all symbolic.

經由重寫修正後，其英語機譯之語意更清楚。改寫後的控制性文本共有三段，全文共有 546 字，比原文 658 字少了 112 字。此外，控

制性文本之句子平均長度 18.2 字，比原文句子平均長度 32.9 字少了 14.7 字。因為控制性文本句子更短、陳述方式比自然文本更友善，故機器更容易處理，也就提高了多語機譯之文意及文法正確性。

範例四、做十六歲

該習俗起源自府城西外城五條港區的碼頭工人。古時府城大西門外水仙宮前有五條港，商行雲集，商業頗盛，來往船隻進出貨物皆由當地五姓家族分據碼頭，其中不乏有不滿十六歲的童工幫忙搬運，但規定不到成人只能領半薪，所以當地工人家的小孩一到十六歲，即為小孩做十六歲，請來工頭及親朋好友歡宴慶祝、同時證明小孩已經長大且從今以後可以領取大人全額的工資。

[Lit: The origin of the practice can be traced back to the laborers working in the Harbor District outside the Tainan City. In ancient times, in front of the Shuixian Temple around the five harbors in the western Tainan, there were many shops that had thriving business. And the cargos for shipping were mainly managed by five families who carried five different surnames. Many boys aged under sixteen helped move the cargos and they only got half of adults' salary. Thus, when the children were 16-years-old, their parents would invite their bosses, relatives and good friends to celebrate the children's birthday, giving the evidence that the children became adults and could get a full pay after that day.]

家中有年滿十六歲的少年，在七夕當天要舉行隆重的祭禮，酬謝神明庇佑，並慶祝孩子長大成人；家中準備湯圓、粿、粽分送親友鄰居，告知孩子已成年。「做十六歲」的重要意義在於讓孩子瞭解自己已成年，應負起做大人的責任；同時向眾人宣示孩子已成年，請親友多加照應。

[Lit: Parents of 16-year-old teenagers will organize a worship ceremony on Tanabata day to thank God for allowing their children to grow up safely and to celebrate their children's adulthood. The family will give relatives and friends some foods, such as glutinous dumplings, rice cakes and Zongzi, informing that their children have become adults. The significance of the ceremony is to make the grown men aware of their responsibilities as adults. In the meantime, after learning the thing, the relatives and friends can help find jobs for the grown men.]

<一>分析與檢視：分析與檢視詞彙、句構、文法及語用不合宜處。

1、詞彙分析

①文化用詞：府城、工頭、粿、粽、湯圓、做十六歲、照應。

②四字片語：商行雲集、商業頗盛。

2、句構分析

①第一句「起源自」（originate from）是動詞，前面缺少主詞，需修正為 SVO 結構。

②自「古時府城大西門外水仙宮前有五條港…從今以後可以領取大人全額的工資。」開始直至結束，共有一句，句子太長，必須切分成數句。

③所有「話題+評論」之句構皆需修正，如「規定」（話題）+「不到成人只能領半薪」（評論），必須改成 SVO 結構。

④第二段第一句亦是不符合 SVO 結構；例如：沒有連接詞「當」來連接兩個子句；此外，「七夕當天」不能當作「舉行隆重的祭禮」的主詞。同時句子太長，需切分成短句。

⑤主動式「請來...慶祝」必須改成被動式「他們的...被邀請來慶祝...」。

⑥最後一句亦太長，可切分成三個短句。

3、文法分析

①「古時」前未加介詞「在」。

②為了標示過去動詞，可於 be-動詞「是」之前加上「當時」，如「許多商店當時是被設立」、「他們的生意當時是很好」。

③為了標示複數 be-動詞，可添加「皆」，如「當這些孩子皆是十六歲大時」。

④於「工頭/老闆」前添加所有格「他們的」。

⑤於「酬謝神明」前需添加不定詞「以」。

⑥於「儀式」、「孩子」及「成人」前須添加不定冠詞「一」。

4、語用分析

①對於不熟悉台灣的外國人而言，地方資訊是不具文化意義，所以可刪除之。如：「五條港」、「大西門外水仙宮」、「五姓家族」等。

②有關台灣本地食物，如「粿」、「粽子」，不是祭典禮俗的重要事項，故可使用上稱詞「一些地方食物」來取代即可。

③「多加照應」深具文化意涵，故不能直譯，建議說明其真正意涵，如「多加推薦他們的孩子」或「幫忙他們的孩子找工作」。

<二>改寫與轉換：刪除累贅、重疊及不合西方社會文化的資訊後，再將自然漢語文本改寫成控制性漢語。接著將控制性漢語文本送入 Google Translate 轉譯成英語。

1、詞彙改寫

①文化用詞如：「府城」改成「台南」；「工頭」改成「老闆」；「粿、粽」改成「一些食物」；「湯圓」改成「米丸子」；「做十六歲」改成 coming-of-age ceremony；「照應」改成「幫忙找工作」。

②四字片語如：「商行雲集」改成「許多商店」；「商業頗盛」改成「生意當時是很好」。

2、句構改寫

①將一句「該習俗起源自府城西外城五條港區的碼頭工人」改成「該作法是相關於碼頭工人，在五港口區域，在台南」。

②自「古時府城大西門外水仙宮前有五條港……從今以後可以領取大人全額的工資。」開始直至結束，共有一句，可切分成七短句：1）在古代，當時有許多商店，在港口地區，在台南。2）他們的生意當時是很好。3）他們招募了十六歲以下兒童們來幫忙搬移貨物。4）但兒童們的薪水當時只是一半的成年人薪水。5）當這些孩子成了十六歲大，他們的老闆、家人和朋友將會被邀請來慶祝他們的生日。6）這件事意味著，孩子已經長大。7）所以，他們可以得到一份全部的薪水。

③關於「家人準備湯圓及一些地方食物給親戚及朋友」可改成被動式「湯圓和一些地方食物將被送給親戚和朋友們」。

④最後一長句「做十六歲的重要意義在於讓孩子瞭解自己已成年…請親友多加照應。」可切分成三句：1）該 Coming-of-age Ceremony 可以允許一長大的人，去瞭解一成人的責任。2）該儀式是經常被使用來宣稱一孩子已經變成一成年人。3）所以，該親戚和朋友可以幫忙推薦一個工作。

3、文法改寫

①為表示過去式，「有」及「是」之前可添加「當時」，如：「當時<u>有</u>許多商店」、「兒童們的薪水<u>當時只是</u>一半的成年人薪水」

②名詞前可添加「該」，如：「<u>該</u> Coming-of-age Ceremony」、「<u>該</u>儀式」、「該親戚和朋友」、「該孩子」。

③為了使時間介詞之機譯文法正確，可將「<u>在</u>七夕」改成「<u>上</u>七夕」。

4、語用改寫

①刪除「五條港」、「大西門外水仙宮」、「五姓家族」等。

②此句「來往船隻進出貨物皆由當地五姓家族分據碼頭」與做十六歲習俗之核心訊息無重要關係，故可刪除之。

5、格式改寫

①加上副標題，如：「起源」、「重要作法」及「文化意義」。

②以條列方式說明儀式的目的，將有助於讀者快速擷取資訊。

6、改寫之控制性漢語文本

依據上述原則，將網頁自然文本改寫成控制性漢語如下：

起源

該作法是相關於碼頭工人，在五港口區域，在台南。在古代，當時有許多商店，在港口地區，在台南。他們的生意當時是很好。他們招募了十六歲以下兒童們來幫忙搬移貨物。但兒童們的薪水當時只是一半的成年人薪水。當這些孩子是十六歲大，他們的老闆、家人和朋友將會被邀請來慶祝他們的生日。這件事意味著，孩子已經長大。所以，他們可以得到一份全部的薪水。

重要作法

該 Coming-of-age Ceremony 將被舉行，上七夕。該儀式目的是如下：

1. 去感謝神的保護。

2. 去慶祝一孩子的轉型成一成人。

此外，湯圓和一些食物將被送給親戚和朋友們。所以，這些人能知道，該孩子已變成一成人。

文化意義

該 Coming-of-age Ceremony 可以允許一長大的人，去瞭解一成人的責任。該儀式被使用來宣告即一孩子已變成一成年人。所以，該親戚和朋友可以幫忙推薦一個工作。

7、轉譯成英語

當我們將改寫的控制性漢語文本放入 Google Translate，其線上自動英語譯文如下：

Origin

This practice is related to the dock workers in the five harbor area in Tainan. In ancient times, there were many shops in the port area of Tainan. Their business was very good. They recruited children aged under 16 to help move the goods. But children's salary was only half of the adult salary. When these children are sixteen years old, their boss, family and friends will be invited to celebrate their birthdays. It means that the children have grown up. So, they can get a full salary.

Important practice

The Coming-of-age Ceremony will be held on Tanabata. The purpose of the ceremony is as follows:

1. To thank God for his protection.
2. To celebrate a child's transition into an adult.

In addition, rice balls and some food will be sent to relatives and friends. So these people know that the child has become an adult.

Cultural significance

The Coming-of-age Ceremony allows a grown man, to understand an adult's responsibility. This ritual is used to declare that a child has become an adult. Therefore, the relatives and friends can help recommend a job.

＜三＞重寫與編輯：針對機器英譯錯誤去重寫控制性漢語或作編輯。閱讀英語機譯後，我們發現譯文有一些錯誤如下：

①代名詞錯誤：<u>They</u> recruited children aged under 16 to help move the goods.

②語意錯誤：In ancient times, there were many shops in <u>the port area</u> of Tainan.

③語意不清楚：Therefore, the relatives and friends can <u>help recommend a job.</u>

上述三句可重寫爲：

①<u>商人</u>招募了十六歲以下兒童們來搬移該貨物。

②在古代，當時有許多商店，<u>在台南港口的附近</u>。

③因此，該親戚和朋友可以<u>幫忙找一工作，爲他們</u>。

其英語機譯爲：

①<u>Businessmen</u> recruited children aged under 16 to move the cargo.

②In ancient times, there were many shops <u>in the vicinity of the port of Tainan.</u>

③Therefore, the relatives and friends can <u>help to find a job for them.</u>

經由重寫修正後，其英語機譯之語意更清楚。如同範例三，改寫後的控制性文本共有 324 字，比原文 289 字多了 35 字，但理由不外是增加了副標題，且添加一些解釋。儘管如此，控制性文本之句子平均長度比原文句子平均長度短很多，陳述方式更爲友善，故能提高其多語機譯之文意及文法正確性。

肆、結語

　　族群的對立源自彼此的誤解，美國、伊朗彼此仇視對立即是一例。事實上，我們生活週遭本就存有許多「本質」與「認知」差異。本質是事實，而認知是印象，認知不清就造成錯誤印象、悖離事實，而要還原事實就需認知清楚。以台灣文化為例，我們為了讓在地文化清楚展現，就必須藉由不同語言之載具傳送到他國，方便他國清楚認知了解台灣文化，讓東方/自我不再是薩伊德（E. Said）（1978）《東方主義》（*Orientalism*）中所描述的一個扭曲印象，或是由西方/他者所建構的一個可殖民或需要殖民的對象。

　　為了開拓臺灣在地文化的疆土，將台灣民俗文化傳播出去，語言障礙是必須克服、解決的首要課題。其中最難解決的是文化空缺（cultural voids）（M. B. Dagut, 1978）所造成的溝通問題，亦即來源語文本中的文化用詞無法在目標語中找到其對等詞。例如，宗教類型的空缺包括：拜天公（praying to the Lord of Heaven）、拜床母（praying to the Goddess of Bed）等，而屬於民俗類型的空缺包括：守靈（guarding the corpse at night）、探門風（premarital spying）、百日娶（a marriage within one hundred days after the groom parent's death）、放路紙（casting paper money）、童養媳（the child bride）、鬧洞房（Chiense wedding games）、丟扇（throwing a fan）、歸寧（a post-wedding visit to the bride's parents or a post-wedding banquet held by the bride's family）、提親（a proposal offered by a matchmaker）、做月內（postpartum care）、孤鸞年（the Widow Year or the year in which marriage is banned）

等。解決文化空缺造成的溝通問題，只能仰賴改寫或是加註，尤其
是翻譯篇幅有限，改寫是較佳之選擇。經過改寫後，原文化訊息雖
沒辦法百分之百再現，但其基本核心意義仍能清楚傳達給目標語讀
者。

　　改寫策略本身具有一種弔詭現象，它破壞原來的語言形式，但
透過另一種語言形式，它的意義仍得以存在、復活。這種「破壞即
建設」、「毀滅即復活」的矛盾對立、雙軌並存現象，正是班雅明（W.
Benjamin，1931）對於現代主義理論的辨証結果，一切現代性的破壞
成就了它的重新創造（destruction of modernity leads to its creation）。
簡言之，控制性語言本身具有這種破壞原形（改寫原文），但賦予重
生機會之功能（達成線上機譯有效溝通），我們亦可將其視爲製作一
張拼圖的過程，之前的破壞乃是爲了將它重新拼湊起來。

感覺在家」。

②古典用詞，如「鳥瞰」改成「看見全景」。

③「我們當時是台灣神社」建議改成「我們曾是台灣神社」。

④「市中心」改成「台北市的中心」。

⑤「接駁車」改成「接駁車服務」。

⑥「被台灣旅行社經營」改成「被台灣旅行社管理」。

⑦「我們當時是」改成「我們的身份當時是」。

⑧「保留珍貴的歷史資產」改成「已留存珍貴的歷史資產」。

2、句構改寫

①將「我們是位於圓山山腰」改成「我們是座落上 Yangshan（一山丘）」。

②將「我們的外觀是紅色柱子及金色瓦片」改成「我們的外觀是由紅色柱子及金色瓦片組成」。

③將「是中外人士觀光住宿的最佳選擇」改成「對於國內外的觀光客或商人，我們是最佳選擇」。

④將「白天可鳥瞰……夜晚可一覽……」改成「在白天，你能夠……」及「在夜晚，你可以……」。

⑤將「我們擁有 60 年的歷史」改成「我們的歷史是長達 60 年」。

⑥將「我們飯店設有餐廳，以提供中式、西式及日式的美味食物」改成「我們的餐廳提供中式、西式及日式的佳餚」。

⑦將「來體驗該獨特的感受」改成「來享受一個獨特的經驗」。

⑧將「我們也提供您巴士服務，在我們的飯店與桃園國際機場之間」改成「我們也提供您巴士服務，往返我們飯店與桃園國際機場之間」。

⑨將「至 2012 年，我們已邁入第 60 年度」改成「我們已經有 60 年
　歷史，直至 2012 年」。

3、語用改寫
①將隱喻如：「含中國元素」改成「具有中國風格」；「世紀婚禮」改
　成「大型的婚禮」。
②將「味蕾上的享受」改成「口味」。
③去除口號用語：「讓時間穿越空間、讓古典交錯現代」。
④刪除第一段有關基隆河、陽明山、松山與淡水之地理描述。

4、格式改寫
概覽中的第二段可改寫成條例方式，以增加網頁文本的易讀性。

5、改寫之控制性漢語文本
依據上述原則，將網頁自然文本改寫成控制性漢語如下：
圓山飯店
概覽
我們的飯店建立於 1952 年。我們是十四層大樓，具有宮殿式風格。
我們是座落上 Yangshan（一山丘）。我們的外觀是由紅色柱子及金色
瓦片組成。所以，我們有宏偉的外貌。且我們有華麗、古典的氣氛。
我們顯示了中國藝術之美。更重要地，我們是台北地標之一。我們
在全世界是很有名。對於國內外的觀光客或商人，我們是最佳選擇，
為下列的原因：
1. 我們提供 487 間客房。
2. 在這裡，你能夠看見台北全景。

3. 在這裡，你可以享受該美麗的夜晚景色。

4. 我們的餐廳提供中式、西式及日式的佳餚。

5. 我們提供五星級的優質設施與服務。

所以，我們邀請你們來享受一個獨特的經驗在我們的飯店。

美麗建築

我們的歷史是長達 60 年。我們已留存某些的珍貴歷史資產。你可以體驗知性與感性氣息，在我們的飯店。

歷史介紹

我們曾是一神社，於日據時代。後來，我們變成台灣大飯店。我們當時被台灣旅行社管理。我們的歷史是長達 60 年，直至 2012。

會議與宴會

在我們飯店，你們可以舉行小型私人的會議、大型的婚禮或國際型會議。我們可以提供專業場地及規劃服務。

美食及饗宴

在我們飯店，你們可以選擇正宗中國菜、西式料理或中國地方小吃及點心。我們都能滿足您的口味。

客房資訊

我們提供 487 間中國風格的客房與套房。我們也提供細心的客房設備、現代化科技與專業服務。我們將使你感覺在家。

交通資訊

我們提供一個免費的接駁車服務。我們也提供您巴士服務，往返我們飯店與桃園國際機場之間。我們是位於台北市的中心。所以，我們將是你最佳的選擇，對於住宿。

6、轉譯成英語

將控制性漢語文本放入 Google Translate，線上自動英語譯文如下：

<u>Grand Hotel</u>

<u>Overview</u>

Our hotel was established in 1952. We are a fourteen-story building, with a palace style. We are located on the Yangshan (a hill). Our appearance is composed of red pillars and gold tiles. So, we have a magnificent appearance. And we have a gorgeous, classic atmosphere. We show the beauty of Chinese art. More importantely, we are one of the landmarks in Taipei. We are very famous in the world. For domestic and foreign tourists or businessmen, we are the best choice for the following reasons:

1. We provide 487 rooms.

2. Here, you can see the panoramic view of Taipei.

3. Here, you can enjoy the beautiful night scenery.

4. Our restaurant serves Chinese, Western and Japanese cuisine.

5. We provide five-star quality facilities and services.

Therefore, we invite you to enjoy a unique experience in our hotel.

<u>Beautiful architecture</u>

Our history is as long as 60 years. We have retained some valuable historical assets. You can experience the intellectual and emotional atmosphere in our hotel.

<u>Historical Introduction</u>

We were a shrine in the Japanese occupation era. Later, we became Taiwan's

Grand Hotel. We were managed by the Taiwan travel agency. Our history is as long as 60 years until 2012.

Meetings & Events

In our hotel, you can hold small private meetings, a large wedding or international-type meetings. We can provide professional venues and planning services.

Food and Feast

In our hotel, you can choose authentic Chinese cuisine, Western cuisine or Chinese local snacks and refreshments. We can meet your tastes.

Room Information

We offer 487 Chinese-style rooms and suites. We also offer attentive room equipment, modern technology and professional services. We will make you feel at home.

Traffic Information

We offer a free shuttle service. We also provide you with bus service to and from our hotel and Taoyuan International Airport. We are located in the center of Taipei. So, we will be your best choice for accommodation.

＜三＞重寫與編輯：針對機器英譯錯誤再重寫控制性漢語或作編輯。
閱讀英語機譯後，發現一些錯誤（劃線部份）如下：
1. 語用錯誤：Our appearance is composed of red pillars and gold tiles.

2. 語意錯誤：We <u>have retained some valuable historical assets</u>.

3. 語詞錯誤：In our hotel, you can hold small private meetings, a large wedding or <u>international-type</u> meetings.

上述三句可重寫為：

1. 我們的<u>建築具有許</u>多紅色柱子及金色瓦片。

2. 我們是<u>一項珍貴的歷史財產</u>。

3. 在我們飯店，你們可以<u>承辦</u>小型私人的會議、大型的婚禮，及<u>國際規模</u>會議。

其英語機譯為：

1. Our <u>building has a lot of</u> red pillars and gold tiles.

2. We <u>are a precious historical property</u>.

3. In our hotel, you can <u>host</u> small private meetings, a large wedding, and <u>international scale</u> meetings.

經由重寫修正後，英語機譯語意更清楚。改寫後的控制性文本平均句長是 18 字，比原文平均句長 43 字少了 25 字，內容更為精簡，陳述方式更為友善，減輕了網路印歐語言讀者的閱讀負擔。

肆、語言改進、機會無限

於此特別強調，在機器翻譯的語境中，有效溝通不能完全複製原文，而為機器翻譯及多語翻譯讀者量身訂做的控制性語言必須改寫原文形式，但筆者需強調的是我們不是改換文本的內容，只是改換文本的表述方式，使其表述儘量簡單化(to simplify it)、明朗

化（to explicate it），其目的是讓機譯系統產出更方便溝通、理解的外語翻譯。這種改寫透過自我破壞得以救贖。在破壞自我/原語文化及原語形式後，即可超越自我，接納更多他者/目標語讀者。此意味著公司網頁文本書寫重新改寫後，透過多語機譯，便有機會接觸更多外國客戶，提高公司知名度，爲公司帶來更多商機和利益。

　　控制性漢語書寫基本上是一種簡化但不失眞的訊息表達方式，除了考量簡易語言的溝通性外，亦需留意不同文化間的衝突性，而更需注意網路媒介不同於印刷媒介的瀏覽方式。此種書寫模式必須顧及許多層面，但同時也會獲得許多回饋。提到改變網頁書寫及表述形式，並非刻意去尋找此方法，而是我們與網路時代對話的結果，同時也是機譯工具找到了該方法。一旦找到了新方法、新文體，只要接納它、熟悉它，它就一躍而成網頁書寫新方式。此方式強調平凡、簡易，俗話說：平凡即是偉大，它的偉大使命便是透過線上即時翻譯功能，製造出更多不同語言的文本，不斷複製原訊息，讓更多人能看到也能看得懂網頁訊息。俗話又說，破壞即創新（Deconstruction leads to re-construction），此意味著創新前需要破壞，唯有改變及革新舊有的方式，才能迎合新型讀者的需求，且應付數位網路新時代的衝擊。

第七章　結論

壹、盲目歐化或選擇性歐化？

　　長久以來，我們一再指責歐化中文，總認為許多荒誕怪異的用詞和句法干擾了原漢語的純正性，但歐化風潮伴隨著全球化的浪潮，只會日益增加其影響力，而絕無減少之趨勢。如此殘酷的現實與衝擊，我們不得不調整心態去面對。若是對流行事物無知的膜拜、跟從，我們可視為是盲目、皮毛的模仿；相反地，若我們能警覺其帶來的風潮與影響，從中篩釋後再擷取精華仿效、引用，如此則是具有意義的。以控制性漢語為例，這並不是盲目歐化，與其將它視為一種次語言（sub-language）或人造語言（artificial language）而去排斥它，倒不如說這是一種為配合線上機譯作業而發展出的特殊新型書寫方法（MT-customized new writing），目的是為了輔助線上 e-點通（effective communication with a click on the mouse），也可說是為了達成線上即時溝通之目的。此種新型文體之書寫，力求詞彙簡單、淺白，所以我們刻意使用英文專有名詞，刻意使用短句（每句不超過三十字），也盡量符合 SVO 結構，這些都是選擇性、知覺性的歐化舉止，主要是為了確保多語機譯品質，並提升跨文化溝通效益。

　　事實上，透過控制性網頁書寫和多語機譯可讓我們實現「求同存異」的理想；「存異」乃是保留、再現各國特有的文化，而「求同」則是找到一個彼此可瞭解、接受的溝通媒介。為了「存異」需先「求同」，所以必須先犧牲各種語言的特殊表達形式，而後再使用一種彼此認知上可接受、瞭解的共通表達方式，控制性語言即是此時空下之產物。控制性語言大幅提升了多語機器翻譯品質，不同國家人士也因此透過多國語言之機譯文本，更方便、更容易去認識、瞭解其它國家或不同地區之文化。由此觀之，控制性語言的「解構」、「去中心」（de-centralization）動作，不外乎是為了讓不同文化均有機會在國際化平台上浮現，並藉網路空間蓬勃發展之際，找到容身之處，進而加速跨界交流，彼此分享。

貳、成本經濟效益

　　或許有人擔心未來 Google Translate 有了足夠的語料庫後，會要求使用者付費，即便如此，線上即時翻譯成本仍遠較人工多語翻譯低且更為方便；其正確性雖無法達到百分之百，但使用者仍能瞭解文本大意 80% 以上，因此自然會包容些許文法錯誤。另有關在地文化全球傳輸(to globalize the local)議題，筆者認為網頁提供者可考慮如何藉由控制性漢語及有效多語機譯，在譯文品質佳、成本低及時間短三者間取得最大之平衡經濟效益。

　　或許會有人認為控制性漢語書寫花費多時，倒不如請人工譯者直接翻譯；如此，顯然就忽略了人工翻譯只是一次一種目標語（one target language one time），而控制性漢語機譯則是一次多種目標語

（multiple target language one time），兩相比較，前者是小經濟，而後者是大經濟。其次，控制性漢語書寫一旦習慣、熟悉後，就和平常書寫一樣，只不過是另一種書寫方式而已，並不會增加額外的時間和成本，因此控制性漢語書寫方式所帶來的經濟效益是不容小覷的。就以一篇含有 1996 字的文化節慶短文為例，若以 Maya 翻譯社（2008）所公佈的翻譯價碼計算，其人工英譯約需 NT$1,795.2 元，而其法語、西班牙語、德語翻譯各需 NT3,590.4 元，四種歐語翻譯合計共需 NT$12,566.4 元。反之，若先將漢語文本改以控制性漢語書寫則不必花費任何成本，而後再透過 Google Translate 翻譯，即可同時獲得正確率達 80％以上的四種外語譯文。

　　話說回來，一般網路使用者在瀏覽網頁資訊時，無不希望在最短時間內獲得簡要、清晰之資訊，而控制性漢語網頁書寫早已考慮到網路閱聽者的需求，所以除了短句外，亦主張一句一旨意（one thematic message/one main idea, one sentence）以精簡內容。此種新語言書寫的網頁內容，除為了提高機譯品質外，亦是為了方便使用者線上閱讀，同時控制性漢語書寫網頁亦可使用圖片來增進文本的溝通性。圖片亦可視為翻譯內容的一部份，它不過是將訊息從語言符碼轉換成圖像符碼，常言道：「一張圖畫等同千言萬語」（A picture is worth a thousand words），由此可知，圖畫也是一種視覺輔助閱讀工具，與翻譯資訊相輔相成，可引導閱讀者體驗畫中人事物進而瞭解資訊的深度意涵。機譯文字再配合視聽載具當可收事半功倍之效。

參、翻譯人權

　　全球化時代人們逐漸重視多元文化的差異，進而要求各種語言的平等權利。Skutnabb-Kangas 及 Phillipson（1985）提到全世界有超過 6,000 種語言，但這些語言大多為弱勢或邊陲族群的日常用語，無法成為民族教育、法律與公共事務使用的共通語言，可見語言人權的保障在現今社會仍有待努力。在國際場合或網路公領域裡若只能以英語作為交際語言，則許多語言勢必因此而被忽視，逐漸萎縮，終至凋零消失；但若各國網頁皆以其本國語言書寫，則訊息溝通勢必遭致困難，在此兩難情況下，解決之道，不外乎文體統一，即各國採用其自家的控制性語言書寫網頁，而後再透過線上ＭＴ系統譯成使用者理解的語言，如此不但達到了跨國溝通之目的，同時也兼顧了各國語言人權；換言之，唯有透過符合控制性語言特性的革新網頁書寫格式，提昇機器譯文品質，進而有效傳達本國文化訊息至世界各角落，如此方可落實語言/翻譯/文化人權之理想。

　　近年來，台灣逐漸重視語言人權議題，如廣播電台 ICRT 播放客家語學習，客家電台、客家委員會及原民電視台的相繼設置成立，小學生可選擇修習自己的母語課等，這些在在都是語言人權的實踐。語言人權就是指一種語言不論是多數語言（majority language）或是少數語言（minority language），皆有權利在公眾場域中使用，同時享有人人皆可學習的權利。然而當大家重視語言人權之際，不知為何，卻少有人觸及翻譯人權議題。事實上，翻譯人權不同於語言人權，它強調不同族群的語言可透過翻譯方式傳送各國或提供不同

族群的文化資訊給他者使用、分享；不同族群亦可透過閱讀不同語言翻譯的內容，獲知各種訊息和知識，也就是說不同國家人民或不同族群皆享有以網路習得資訊的平等權利。比方語言人權是 A 語言＋B 語言＋C 語言，則翻譯人權為 A 語言翻譯＋B 語言翻譯＋C 語言翻譯，就技術面而言，後者比前者難度高。前者只是強調語言的公平性，重視平等使用權，但後者除了重視語言使用權外，還需注意溝通的問題，所以不同國家語言需顧及適合線上機譯的特性，也就是說必須考量如何改進線上多語機譯品質與成效，俾不同國籍人士可以快速、容易理解其傳輸內容。於全球化時代，使用線上機譯已不是「需不需要」的問題而已；其真正的問題是「正確或錯誤的使用方式」。

　　若說語言人權的終極目標是各族群的文化認同得以永續，並使其語言延續下去，那翻譯人權的目標則是保障不同族群可在網路上藉由線上機譯自由查詢並理解各國資料之平等權利。若從「自我」與「他者」的關係來解讀，語言人權是書寫「自我語言」、認同「自我文化」，但翻譯人權則為認同「他者語言」和翻譯「他者文化」，儘管其中有所差異，但基本上此兩者皆是從人權理念出發，而後者的人權觀念更需加強宣揚，如此才會有更多人重視新型網頁書寫和有效機譯功能，進而實踐機譯輔助文化溝通的翻譯人權理念。

　　今後，學校及公司機構可藉由控制性網頁書寫與機譯訓練，讓更多人認識、了解網頁書寫與即時翻譯溝通之間的互利關係及共存目的。新型的網頁書寫文體必須顧及多數人可以理解的語言形式與文化內容，所以是「自我」與「他者」相互磨合、妥協、容忍淬鍊後的語言格式。筆者認為，「他者」即指眾多語言和眾多目標讀者，而「自我」是指在地文化/資訊。因為機譯導向的控制性語言網頁書

寫必須考量眾多語言特性，故筆者主張採用 Chomsky 的深層語言結構，即人類原始表述的簡單句，如此一來，清楚簡易的控制性機譯語言必可強化它的生存韌性與轉譯成多國語言的正確性。最後，筆者期待控制性網頁書寫文體及線上多語機譯為網路語言革命帶來新的契機，也為我們在地關懷、放眼國際找到新的媒介及載具。在科技時代，我們沒有特意去尋找該新型網頁書寫文體，而是它自動找上了我們，這是一場美麗的邂逅，我們期待它開花、結果。

附件一、自然漢語文本及人工英譯

自然漢語文本參考資料：

http://taiwanpedia.culture.tw/web/content?ID=4423（台灣大百科）

http://zh.wikipedia.org/（維基百科）

一、自然漢語文本

歷史、社會及文化背景

臺灣臺南明末清初抗清名將鄭成功死後成神。原名森、乳名福松，1645年南明唐王隆武帝賜姓朱，改名成功，因此人稱「國姓爺」；1655年南明桂王永曆帝封爲「延平郡王」；加上臺灣人感念鄭成功驅逐荷蘭人、建立漢人政權、屯墾臺灣、發展貿易、大興文教，奠定臺灣物質與精神雙向發展基礎，對臺灣影響深遠，因而被冠上「開臺聖王」的神明稱號，俗稱「國姓王」。

重要的活動

「鄭成功廟」廣布全臺。祭祀活動可大分爲官方與民間兩類，官方有春、秋二祭，於4月29日（鄭成功登臺日）及8月27日（農曆7月14日鄭成功誕辰）於臺南延平郡王祠舉行；民間多於正月16日進行祭祀。

文化意涵

「延平郡王信仰」已成爲臺灣此一移民社會的共同信仰，並因地區而異，發展出相關之祭祀圈或信仰圈。且於不同時代，因應人民需要而展現不同的神力，如助戰、登科、祈雨、治水、除蟲、醫療、

協尋失物、甚至人生諮詢；延平郡王信仰可說有：端正教化、團結
鄉里、安定民心、促進經濟、文化傳承、族群融合、穩定政局等社
會功能性。

二、人工英譯

Historical, Social and Cultural Background

Between the end of the Ming dynasty and the beginning of the Qing dynasty,
General Zheng, Cheng-gong led a military fight against Qing's Government in
Tainan, Taiwan. For this reason, he was respected as the God after death. His
original name was Sen, and his petname, Fu-song. In 1645, Emperor Long-wu
gave him a surname Zhu, and named him Cheng-gong. People called him
Koxinga. In 1655, Emperor Yong-li canonized him as Yen-Ping-Chun-Wang.
Zheng, Cheng-gong expelled the Dutchmen and started a new regime in
Taiwan. During his reign, he promoted trade, local culture and education,
thus laying a solid foundation for Taiwan people's material and spiritual life.
Due to his great achievements, many Taiwanese were grateful to him, calling
him the Saint King of Settling Taiwan, also known as Koxinga.

Important Events

The temples in honor of Zheng, Cheng-gong spread throughout Taiwan. The
rites of honoring Zheng can be divided into official and local ones. Official
rites are held in Spring and Autumn, organized by Tainan's Koxinga Shrine on
April 29 (the day when Zheng, Cheng-gong arrived in Taiwan) and on August
27 (Zheng, Cheng-gong's Birthday or Lunar July 14). Private rites usually take
place on January 16.

Cultural Significance

The belief in Yen-Ping-Chun-Wang has become a common practice in the immigrant communities of Taiwan. The belief shows some differences in local regions, and its believers and worshipping communities are diverse. Koxinga's power also varies to meet the needs of people in different eras, such as helping people to pass the official examination, praying for rain, eliminating natural disasters, curing people's diseases, helping people find lost items, and providing a mental therapy. The belief is expected to fulfill the following functions: 1) to educte local residents; 2) to unite villagers; 3) to stabilize the society; 4) to boost national economy, 5) to pass down the cultural heritage; 6) to unify ethnic groups, and 7) to stabilize the political situation in the country.

附件二、半控制文本及機器英譯

一、半控制文本
歷史、社會及文化背景

在明朝和清朝之間，一將軍，名爲 Zheng, Cheng-gong，帶領了一軍隊去打仗對抗清政府的士兵，在台南，台灣。他成爲了一神仙，在他死後。他的原本的名字當時是 Sen，且他的乳名當時是 Fu-song。在 1645 年，皇帝 Long-wu，賜給他一個姓氏 Zhu，以及一個名字 Cheng-gong。因此，人們稱他爲 "Koxinga"。在 1655 年，皇帝 Yong-li 冊封他爲 "Yen- Ping-Chun-Wang"。他是被感激由台灣的人民，爲下列的原因：

1. 他驅逐了荷蘭人，且創立了漢人政權。
2. 他推動了貿易、文化與教育，在台灣。
3. 他奠定了基礎，以發展臺灣人的物質及精神生活。

今日，他被稱爲 "The Saint King of Settling Taiwan"，俗稱 "Koxinga"。

重要盛事

在台灣，很多廟宇被建造，以紀念 Zheng, Cheng-gong。且官方及非官方祭拜儀式被舉行，以紀念 Zheng, Cheng-gong。該祭拜時間是春天及秋天。該地方是延平郡王祠於台南。該日期落上：

1. 4 月 29 日（該日當 Zheng 來到臺灣）
2. 8 月 27 日（Zheng, Cheng-gong 誕辰）（7 月 14 日根據農曆）。

文化意涵

這信仰展現了地理及歷史意義。它是一共同信仰，在一移民社會。Zheng, Cheng-gong 帶領當地人民，去打敗敵人。他祈求了雨，以停止旱災。此外，他治癒了一些人的疾病，且協助過人民去尋找失物。人民尊敬了他。今日，人民榮耀他。這信仰有許多好處，包括：

1. 以改進社會風氣。
2. 以團結鄉民。
3. 以維護人民安全。
4. 以推動國家經濟。
5. 以發展國家文化。
6. 以整合不同族群。
7. 以穩定國家政治局勢。

二、機器英譯

Historical, social and cultural background

Between the Ming and Qing dynasties, a general named Zheng, Cheng-gong, led an army to fight against the Qing government soldiers, in Tainan, Taiwan. He became a god after his death. His original name was Sen, and his nickname was Fu-song. In 1645, Emperor Long-wu, gave him a surname Zhu, as well as a name Cheng-gong. Therefore, people called him "the Koxinga." In 1655, Emperor Yong-li canonized him as "Yen-Ping-Chun-Wang." He was appreciated by the people of Taiwan for the following reasons:

1.He expelled the Dutch, and founded the Han Chinese regime.

2. He promoted trade, culture and education in Taiwan.

He laid the foundation for the development of Taiwanese material and spiritual life. Today, he is known as "The Saint King of Settling Taiwan", commonly known as "Koxinga".

<u>Important Events</u>

In Taiwan, many temples were built to commemorate Zheng, Cheng-gong. And official and unofficial worship rituals were held to commemorate Zheng, Cheng-gong. The worship time is spring and autumn. The palce is Koxinga Shrine in Tainan. This date falls on:

1. April 29 (the day when Zheng, Cheng-gong came to Taiwan).
2. August 27 (the Koxinga's birthday) (July 14, according to the lunar calendar).

<u>Cultural meaning</u>

This belief demonstrates the geographic and historical significance. It is a common belief in an immigrant society. Zheng, Cheng-gong led the local people, to defeat the enemy. He prayed for rain to stop the drought. In addition, he cured a number of human diseases, and assisted people to find lost property. People respected him. Today, the people honor him. This belief has many benefits, including:

1 to improve the social climate.

2 to unite the villagers.

3 to maintain the safety of people.

4 in order to promote the national economy.

5 to develop national culture.

6 to integrate different ethnic groups.

7 in order to stabilize the political situation in the country.

附件三、全控制文本及其法語機譯

我們點選全控制文本，電腦介面會立刻呈現全控制性漢語書寫的網頁文本及下拉式機器翻譯選單，使用者可選擇英、德、法、西、義大利五種語言，然後我們再點擊 Google Translate 按鈕，則會出現不同語言的機器翻譯。以下是全控制文本及其法語機器翻譯。

一、全控制文本

<u>歷史、社會及文化背景</u>

Zheng, Cheng-gong 當時是一名將軍，在明朝末期和清朝初期。他帶領了一軍隊去打仗，在台南，台灣。他成為了一神仙，在他死後。在 1645 年，他得到一個名字 Zheng, Cheng-gong，從皇帝 Long-wu。在 1655 年，他成為了 "Yen-Ping-Chun-Wang"。他是被感激由台灣的人民。一些原因皆是如下：

1. 他驅逐了荷蘭人。且他開始了一漢人政權。
2. 他推動了貿易、文化及教育。
3. 他協助了改善臺灣人的生活。

今日，Zheng 被稱為 "Koxinga"。

<u>重要盛事</u>

很多廟宇被建造，以紀念 Zheng, Cheng-gong。官方與非官方的祭拜儀式皆舉行。該祭拜時間是春天及秋天。它的地方是 Koxinga Shrine，在台南。該日期是：

1. 4 月 29 日（該日當 Zheng 來到臺灣）

2. 8月27日（Zheng 的生日）

文化意涵

這信仰展現了地理及歷史意義。它是一共同信仰，在一移民社會。

這信仰有許多好處，包括：

1. 以改進社會風氣。

2. 以團結鄉民。

3. 以維護人民安全。

4. 以推動國家經濟。

5. 以發展國家文化。

6. 以整合不同族群。

7. 以穩定政治局勢。

二、法語機譯

Contexte historique, social et culturel

Zheng, Cheng-gong était un général à la fin des dynasties Ming et des Qing au début. Il a dirigé une armée pour faire la guerre à Tainan, Taiwan. Il est devenu un dieu après sa mort. En 1645, il a obtenu un nom Zheng, Cheng-gong, de l'empereur Wu-long. En 1655, il est devenu le "Yen-Ping-Chun-Wang." Il a été apprécié par le peuple de Taiwan. Certaines raisons sont les suivantes:

1. Il a expulsé les Hollandais. Et il a commencé un régime chinois Han. 2. Il a promu le commerce, la culture et l'éducation.

3. Il a contribué à améliorer la vie du peuple de Taiwan.

Aujourd'hui, Zheng est également connu comme le "Koxinga."

Evénements importants

Beaucoup de temples ont été construits pour commémorer Zheng Chenggong. Rituels officiels et généraux culte sont tous détenus. Le temps est au printemps et en automne. Sa place est Koxinga Temple, Tainan. Les dates sont les suivantes:

1. 29 Avril (le jour où Zheng est venu à Taiwan).

2. 27 Août (l'anniversaire de Zheng).

Significations culturelles

Cette croyance démontre l'importance géographique et historique. Il est une croyance commune dans une société d'immigrants. Cette croyance a de nombreux avantages, notamment:

1. pour améliorer le climat social.

2. à unir les villageois.

3. pour assurer la sécurité des personnes.

4. à promouvoir l'économie nationale.

5. pour développer la culture nationale.

6. à intégrer les différents groupes ethniques.

7. à stabiliser la situation politique

附件四、備忘錄──機譯適用之定語

有些定語專為 Google Translate 量身訂做，學習控制性漢語書寫時可記住這些合宜用語，以減少機譯錯誤的發生頻率。但值得注意有些用語隨著機器語料庫內容改變也會改變。

一、介詞
1.1 時間表述

1.在清朝末期及明朝初期。（O）

In the late Qing Dynasty and early Ming Dynasty.

在清朝末年及明朝初年。（X）

In the Qing Dynasty and the Ming Dynasty.

2.臺灣人喜歡烤肉，上中秋節。（O）

Taiwanese love barbecue, on the Mid-Autumn Festival.

臺灣人喜歡烤肉，在中秋節。（X）

Taiwanese like to barbecue in the Mid-Autumn Festival.

3.從那時起，新娘返回家去訪問她的父母，在第三天婚禮後。（O）

Since then, the bride returns home to visit her parents, on the third day after the wedding.

從那時起，新娘返回家去訪問她的父母，在婚禮後第三天。（X）

Since then, the bride returns home to visit her parents, the third day after the wedding.

4.家長會準備各式各樣的食物上 1 歲孩子的生日。(○)

Parents will prepare a variety of food <u>on a year-old child's birthday.</u>家長會準備各式各樣的食物<u>在孩子的第 1 個生日</u>。(×)

Parents will prepare a variety of foods <u>in a child's first birthday.</u>

5.<u>婚禮之前</u>,一個媒人將會被要求去拜訪新娘的父母。(○)

<u>Before the wedding</u>, a matchmaker will be asked to visit the bride's parents.

<u>於婚禮前</u>,一個媒人將會被要求去拜訪新娘的父母。(×)

<u>In before the wedding</u>, a matchmaker will be asked to visit the bride's parents.

6.產後照顧持續,<u>為一個月</u>。(○)

Postpartum care continued <u>for one month.</u>

產後照顧<u>持續達一個月</u>。(×)

Postpartum care <u>lasting for one month.</u>

7.但是,<u>不久之後</u>,許多樹木長出來了。(○)

But <u>soon after</u>, many trees grow out.

但是,<u>之後</u>,許多樹木長出來了。(×)

But <u>then</u>, many trees grow out.

> 註:其他用詞如:「在星期一」、「在星期二」…皆可正確譯出英語介詞 "on"。

1.2 地點或方向表述

1.他放些紙片<u>上</u>他們的墳墓。(○)

He put some pieces of paper <u>on</u> their graves.

他放些紙片<u>在</u>他們的墳墓<u>上</u>。(×)

He put some paper <u>in</u> their graves.

2.劉急忙地<u>朝向</u>墓碑跑去，並且發現他父母的墳墓。（O）

Liu ran quickly <u>toward</u> the tombstone, and found his parents' grave.

劉急忙跑向墓碑，並且發現他父母的墳墓。（X）

Liu hurriedly ran <u>to Tombstone</u>, and found his parents' grave.

3.一別墅是座落<u>上半山腰</u>。（O）

A villa is located <u>on a hillside</u>.

一別墅是座落<u>在半山腰</u>。（X）

A villa is located <u>in the hillside</u>.

4.她吟誦了一首詩，<u>半路</u>。（O）

She recited a poem <u>halfway</u>.

她吟誦了一首詩，<u>在半路上</u>。（X）

She recited a poem <u>at the halfway</u>.

5.九戶家庭當時皆居住<u>在那村落</u>。（O）

Nine families were living at that time <u>in that village</u>.

九戶家庭當時皆居住<u>在那村落中</u>。（X）

Nine families were living at that time <u>in that villages</u>.

6.他休息了，<u>之下</u>一棵大榕樹。（O）

He rested, <u>under a large banyan tree</u>.

他休息了，<u>在</u>一棵大榕樹<u>下</u>。（X）

He rested <u>in a large banyan tree</u>.

7.邪靈將會離開，當人們<u>待在</u>洞房裡。（O）

Evil spirits will leave, when people <u>stay in</u> the bridal chamber.

邪靈將會離開，當人們<u>待在</u>洞房。（X）

Evil spirits will leave, when people <u>stay</u> bridal chamber.

1.3 狀況表述

1.透過不同領域教師<u>之間的</u>合作，該中心可以增進產學計畫的價值。（O）

Through collaboration <u>between</u> teachers in different areas, the center can enhance the value of industry-university programs.

透過不同領域教師合作，該中心可以增進產學計畫的價值。（X）

Teachers <u>through</u> different areas of cooperation, the center can enhance the value of industry-university programs.

2.我們進行研究，<u>上</u>翻譯、語言、文化及科技。（O）

We conduct research <u>on</u> translation, language, culture, and technology.

我們進行<u>有關</u>翻譯、語言、文化及科技<u>的研究</u>。（X）

We carry out the translation, language, culture, and technology research.

（語意不清楚）

3.信徒可能會變得狂熱<u>關於</u>一連串的慶典活動。（O）

Believers may become fanatical <u>about</u> a series of celebrations.

信徒可能會變得狂熱<u>於</u>一連串的慶典。（X）

Believers may become fanatical believers <u>in</u> a series of celebrations.

4.<u>如同</u>漢人的農曆年，該活動是一機會為家庭團圓。（O）

<u>Like</u> the Han Chinese Lunar New Year, the event is an opportunity for a family reunion.

<u>好像</u>漢人的農曆年，該活動是家庭團圓的機會。（X）

Han Chinese Lunar New Year seems, the event is an opportunity for a family.

5.人們會祈求向天神，<u>為</u>豐收。（O）

People will pray to the gods <u>for</u> the harvest.

人們會祈求向天神，<u>爲了</u>豐收。（X）

People will pray to the gods, <u>in order to</u> harvest.

二、動詞

2.1 過去式

1.在此時刻，該穿山甲<u>做出了</u>很大的笑聲。（O）

At this moment, the pangolin <u>made</u> a great laughter.

在此時刻，該穿山甲<u>做出</u>很大的笑聲。（X）

At this moment, the pangolin <u>make</u> great laughter.

2.最早的 Mazu 廟<u>被建立</u>在台灣。（O）

The first Mazu temple <u>was built</u> in Taiwan.

最早的 Mazu 廟<u>是建立</u>在台灣。（X）

The first Mazu temple <u>is built</u> in Taiwan.

3.這種鳥<u>不具有</u>伴侶。（O）

This bird <u>does not have</u> a companion.

這種鳥<u>沒有</u>伴侶。（X）

This bird <u>is no</u> partner.

4.該電影<u>當時</u>是令人印象深刻的，在威尼斯電影展覽。（O）

The film <u>was</u> impressive, at the Venice Film exhibition.

該電影<u>是</u>令人印象深刻的，在威尼斯電影展覽。（X）

The film <u>is</u> impressive, at the Venice Film exhibition.

5.昨天我想向他借錢。他<u>當時沒有</u>錢。（O）

Yesterday I wanted to borrow money from him. He <u>had</u> no money.

昨天我想向他借錢。他<u>沒有</u>錢。 （X）

Yesterday I wanted to borrow money from him. He <u>has</u> no money.

2.2 使用助動詞「將」、「能」、「可以」（以增加動詞機譯之正確性）

1. 此外，我們的培訓內容<u>將展現</u>它的多元性。（O）

   In addition, our training <u>will show</u> its diversity.

   此外，我們的培訓內容<u>展現</u>它的多元性。（X）

   In addition, our training content <u>to show</u> its diversity.

2. 同時，該中心<u>將合作</u>與翻譯社群。（O）

   Meanwhile, the center <u>will collaborate</u> with the translation community.

   同時，該中心<u>合作</u>與翻譯社群。（X）

   Meanwhile, the Centre for Translation community.

2.3 特殊動詞用法

1. 大多數的布農族人們<u>居住，</u>在台灣中部地區。（O）

   Most of Bunun people <u>live</u> in central Taiwan.

   大多數的布農族人們<u>住</u>在台灣中部地區。（X）

   Most of Bunun people <u>living</u> in central Taiwan.

2. 該祭典<u>暗示出</u>人們必須尊敬老人及賢人。（O）

   The festival <u>implies</u> that people must respect the elderly and sage.

   該祭典<u>暗示</u>人們必須尊敬老人及賢人。（X）

   The festival <u>suggesting</u> that people must respect the elderly and sage.

3. 但是，該老伯<u>忘了</u>他所說的話。（O）

   However, the old man <u>forgot</u> his words.

   但是，該老伯<u>忘記了</u>他所說的話。（X）

   However, the old man <u>forget</u> his words.

4. 結婚後第二天，該新婚夫婦將<u>返回家去見</u>新娘的父母。（O）

   The day after the wedding, the newlyweds will <u>return home to see</u>

the bride's parents.

結婚後第二天，該新婚夫婦將<u>回家去拜見</u>新娘的父母。（X）

The day after the wedding, the newlyweds will <u>go home audience with</u> the bride's parents.

5.該母雞<u>下了</u>一個雞蛋在結婚當天。（O）

The hen <u>lays</u> an egg on the wedding day.

該母雞<u>生了</u>一個雞蛋在結婚當天。（X）

The hen <u>gave birth to</u> an egg on their wedding day.

6.他們必須<u>避開</u>一些禁忌。（O）

They must <u>avoid</u> some taboos.

他們必須<u>遵守</u>一些禁忌。（X）（語意錯誤）

They must <u>comply with</u> a number of taboos.

7.他<u>誤識</u>皇帝為一位乞丐。（O）

He <u>mistakenly identified</u> the emperor as a beggar.

他<u>誤認</u>皇帝為一位乞丐。（X）

He was a beggar <u>mistaken</u> emperor.

8. Aunt Tiger，<u>吞掉了</u>該男孩，在半夜。（O）

Aunt Tiger, <u>swallowed</u> the boy, at midnight.

Aunt Tiger，<u>吞食了</u>該男孩，在半夜。（X）

Aunt Tiger, <u>swallowing</u> the boy in the middle of the night.

9.此後，許多花草樹木<u>成長</u>在該禿山。（O）

Since then, many flowers and trees <u>grow</u> in the bald mountain.

此後，許多花草樹木<u>生長</u>在該禿山。（X）

Since then, many flowers and trees <u>growing</u> on the bald mountain.

10.他大喊他應該<u>是負責的</u>。（O）

He shouted that he should <u>be responsible</u>.

他大喊他應該<u>負責</u>。（X）

He shouted that he should <u>be held responsible</u>.

2.4 不同語詞、不同涵義

1.San-Wanggon 必須<u>指明</u>時間和一方向。（O）

San-Wanggon must <u>specify</u> the time and a direction.

San-Wanggon 必須<u>指出</u>時間和一方向。（X）

San-Wanggon must <u>be pointed out</u> time and a direction.

2.我們<u>申請</u>項目補助，向政府。（O）

We <u>apply for</u> project grants to the Government.

我們<u>提出</u>項目補助，向政府。（X）

We <u>propose</u> project grant to the Government.

三、連接詞

1.對於達悟人而言，一漁船<u>不僅只是</u>一個生存工具，<u>還也是</u>財富的象徵。（O）

For the Tao people, a fishing boat is <u>not just</u> a tool for survival, <u>but also</u> a symbol of wealth.

對於達悟人而言，一漁船不僅<u>只是</u>一個生存工具，<u>還是</u>財富的象徵。（X）

For the Tao people, a fishing boat is <u>not just</u> a survival tool,<u>or</u> a symbol of wealth.

2.這個儀式<u>可以</u>保佑人們。<u>且它能</u>增進神與人類之間的關係。（O）

This ceremony can bless people. <u>And it can</u> enhance the relationship between God and human beings.

這個儀式<u>可以</u>保佑人們，增進神與人類之間的關係。（X）

This ceremony can bless people, <u>enhance</u> the relationship between God and human beings.

四、名詞

1.我們申請<u>項目補助</u>，向政府。（O）（中國大陸使用「項目」表示「計畫」）

We apply for <u>project grants</u> to the Government.

我們申請<u>項目</u>，向政府。（X）

We apply <u>the project</u> to the Government.

2.Belly-exchanging 是<u>一種民俗做法</u>。（O）

Belly-exchanging is a <u>folk practice</u>.

Belly-exchanging <u>是</u>一種<u>民俗習慣</u>。（X）

Belly-exchanging is a kind of <u>folk customs</u>.

3.因此，他們當時被視為 3 位<u>守護者們</u>。（O）

Therefore, they were considered three <u>guardians</u>.

因此，他們當時被視為 3 位<u>守護者</u>。（X）（空格太大）

Therefore, they were considered three <u>guardian</u>.（沒有複數）

4.因此，<u>女子們</u> (表複數)不是很健康的。（O）

Thus, <u>women</u> are not very healthy.

因此，<u>女子</u>不是很健康的。（X）

Therefore, <u>the woman</u> is not very healthy.

5.傳統地，新娘將會送出一些象徵禮物。（O）

Traditionally, the bride will send some symbolic <u>gifts.</u>

傳統地，新娘將會送出一<u>些</u>象徵<u>禮物們</u>。（X）

Traditionally, the bride will send some symbolic <u>gifts were.</u>

（註：非表示人之名詞複數後面不添加「們」；為表示複數名詞，只需在名詞前添加「一<u>些</u>」或「許多」等形容詞。）

6.這儀式是最普遍的<u>盛事</u>，在臺灣。（O）

This ceremony is the most popular <u>event</u> in Taiwan.

這儀式是最普遍的<u>活動</u>，在臺灣。（X）

This ceremony is the most popular <u>activities</u> in Taiwan.

7.<u>許多客戶</u>喜愛該產品，也包括<u>國內外專業人士</u>。（O）

<u>Many customers</u> love the product, including domestic and foreign professionals.

<u>許多客戶及國內外專業人士</u>皆喜愛該產品。（X）（複合名詞太長）

<u>Many customers at home and abroad professionals</u> are loved the product.

五、數或量詞

1.該隊伍分成二十<u>三個區段</u>。（O）

The team is divided into twenty-three <u>sections.</u>

該隊伍分成二十<u>三區段</u>。（X）

The team is divided into twenty-three <u>section.</u>

2.她有三個小孩。所以，<u>三副本物品</u>必須被購買每次。（O）

She has three children. So, <u>three copies of items</u> must be purchased each time.

她有三個小孩。所以，<u>三份物品</u>必須被購買每次。（x）

She has three children. Therefore, <u>the three items</u> must be purchased each time.

六、逗號

1.<u>雞酒，及油飯</u>將被送到新娘父母以告訴他們這個好消息。（o）

<u>Chicken wine, and oil rice</u> will be sent to the bride's parents to tell them the good news.

<u>雞酒及油飯</u>將被送到新娘父母以告訴他們這個好消息。（x）

<u>Chicken rice wine and oil</u> will be sent to the bride's parents to tell them the good news.

2.新娘的嫁妝包含一盆蓮蕉花<u>，和一盆石榴</u>。（o）

The bride's dowry included a pot of lotus banana flower<u>, and a pot of pomegranate</u>.

新娘的嫁妝包含一盆蓮蕉花<u>和一盆石榴</u>。（x）

The bride's dowry included a pot of lotus flower <u>and pot banana pomegranate</u>.

附件五、控制性語言之相關網站

1. Adapting the Concept of "Translation Memory" to "Authoring Memory" for a Controlled Language Writing Environment
   http://mt-archive.info/Aslib-1999-Allen.pdf

2. Analysis of the Change and Existence of the Controlled Language
   http://en.cnki.com.cn/Article_en/CJFDTOTAL-QBLL200206003.htm

3. Assessing a set of Controlled Language rules: Can they improve the performance of commercial Machine Translation systems?
   http://www.mt-archive.info/Aslib-2004-Roturier.pdf

4. Automatic Rewriting for Controlled Language Translation
   http://citeseerx.ist.psu.edu/viewdoc/download?doi=10.1.1.23.7642&rep=rep1&type=pdf

5. Controlling Controlled English An Analysis of Several Controlled Language Rule Sets
   http://www.mt-archive.info/CLT-2003-Obrien.pdf

6. Controlled English for Knowledge-Based MT: Experience with the KANT System
   http://citeseerx.ist.psu.edu/viewdoc/download?doi=10.1.1.129.1257&rep=rep1&type=pdf

7. Controlled English with and without machine translation
   http://www.emeraldinsight.com/journals.htm?articleid=1693930&show=abstract

8. Controlled Language: A useful technique to facilitate machine translation of technical documents
   http://cat.inist.fr/?aModele=afficheN&cpsidt=17030728
9. Controlled Language – Controlled English:
   http://www.simplifiedenglish.net/What-Is-Controlled-Language-Simplified-Technical-English
10. Controlled Language – Does My Company Need it?
   http://www.slideshare.net/UweMuegge/mueggecontrolled-language
11. Controlled Language in Machine Translation （wiki）
   http://en.wikipedia.org/wiki/Controlled_language_in_machine_translation
12. Controlled Language for Everyday Use: The MOLTO Phrasebook
   http://link.springer.com/chapter/10.1007/978-3-642-31175-8_7
13. Controlled Language for Multilingual Document Production: Experience with Caterpillar Technical English1
   http://citeseerx.ist.psu.edu/viewdoc/download?doi=10.1.1.44.6405&rep=rep1&type=pdf
14. Controlled Languages for Machine Translation: State of the Art
   http://mt-archive.info/MTS-1999-Kaji.pdf
15. Controlled Language for Multilingual Machine Translation
   http://ccl.pku.cn/doubtfire/NLP/Machine_Translation/Controlled_language_for_MT/Controlled%20Language%20for%20Multilingual%20Machine%20Translation_MTSummit99.pdf
16. Controlled Language: the Next Big Thing in Translation?
   http://www.translationdirectory.com/articles/article1359.php

17. Controlled language and readability

http://www.google.com.tw/books?hl=zh-TW&lr=&id=xyITFYcVteoC&
oi=fnd&pg=PA143&dq=controlled+language&ots=RVD7ZP6mFM&sig
=lyGD_RHIRNMFq-HNm0_j6HwRVM0&redir_esc=y#v=onepage&q
=controlled%20language&f=false

18. Controlling Language in an Industrial Application

http://www.iai-sb.de/docs/clrev.pdf

19. Controlled Language Support for Perkins Approved Clear English
（pace）

http://citeseerx.ist.psu.edu/viewdoc/download?doi=10.1.1.51.6160&rep
=rep1&type=pdf

20. Controlled Nature Language （wiki）

https://en.wikipedia.org/wiki/Controlled_natural_language

21. Controlled Natural Language and Opportunities for Standardization

http://www.tkuhn.ch/talk/larc2013cnl.pdf

22. Controlled Natural Languages for Knowledge Representation:

http://www.aclweb.org/anthology-new/C/C10/C10-2128.pdf

23. Controlled Vocabulary:

http://www.intellogist.com/wiki/Controlled_Vocabulary

24. EasyEnglishAnalyzer: Taking Controlled Language from Sentence to
Discourse Level

http://citeseerx.ist.psu.edu/viewdoc/download?doi=10.1.1.94.4155&rep
=rep1&type=pdf

25. Generating a Controlled Language

http://dl.acm.org/citation.cfm?id=1118273

26. How Portable are Controlled Languages Rules? A Comparison of Two Empirical MT Studies

http://www.mt-archive.info/MTS-2007-OBrien.pdf

27. How to Write a Document in Controlled Natural Language

http://web.science.mq.edu.au/~rolfs/papers/adcs2002-short.pdf

28. Impact of Controlled Language on Translation Quality and Post-editing in a Statistical Machine Translation Environment

http://mt-archive.info/MTS-2007-Aikawa.pdf

29. Language bias in randomised controlled trials published in English and German

http://www.sciencedirect.com/science/article/pii/S0140673697024197

30. Multilingual generation of controlled languages

http://oro.open.ac.uk/4844/

31. WEBTRAN: a controlled language machine translation system for building multilingual services on internet

http://citeseerx.ist.psu.edu/viewdoc/download?doi=10.1.1.138.5968&rep=rep1&type=pdf

32. What is a Controlled Vocabulary?

http://boxesandarrows.com/what-is-a-controlled-vocabulary/

33. 控制性語言書寫及機器翻譯：以澎湖天后宮籤詩為例

http://ethesys.nkfust.edu.tw/ETD-db/ETD-search-c/view_etd?URN=etd-0202113-204122

http://www.mt-archive.info/CLT-2003-Obrien.pdf

附件六、控制性語言書寫習作

習作一：清明節

祭祖和掃墓乃是清明節的主要活動。掃墓可細分為「挂紙」及「培墓」兩種。平常年份清明只進行「挂紙」，即先整理墳墓四周環境，然後在墳丘上以小石塊或泥塊壓覆墓紙，象徵為先人墳塋搭建新瓦，也是標誌此墳有後人祭掃。挂紙後以所備辦的簡單祭品祭拜，並燒紙錢。

「培墓」則是較隆重的掃墓禮，通常新墳要連續培墓三年；如果過去一年，家中有娶媳婦、添丁也要培墓。培墓所準備的祭品較豐盛，通常有豬頭（新墓用）、雞（起家）、魚、豬肉等牲醴和米糕（高昇）、紅龜粿、草仔粿、土豆（吃老老）、發粿（發財）、荼頭（好彩頭）、蛋（切成硬幣狀代表財富）等等。

祭拜先人外，也要祭拜墳頭的土地公，感謝祂看守墓地。掃墓完後放鞭炮，此時也有人家會將所帶來的祭品如紅龜粿、草仔粿等，散發給附近的孩童。舊時此俗用意是為了請附近放牛的牧童，不要牽牛到墳地踐踏，現在則是偏重祖德流芳的寓意。

臺灣由於地狹人稠，傳統土葬方式漸漸被火葬所取代。愈來愈多人清明節是直接到靈骨塔的先人靈位去祭拜。在今日社會中，除了掃墓及祭拜以外，遵循祖先的教誨及發揚祖先的美德，才是孝道的更具體表現。（上文改編自臺灣大百科全書及 Wikepedia 網頁文本）

習作二：孤鸞年

「孤」指孤單，是孤單，鸞是一種鳥類，一只形單影只的鳥。古人認爲孤鸞是失偶的鳥，無法雙宿雙飛。因爲閏月的關系，一年之中可能會出現兩個"立春"，這出現兩個立春的年就被稱爲孤鸞年。
孤鸞年是源自日本的婚俗迷信，相傳日本有對夫妻在丙午年（西元1966 年）生了一個女孩，而這女孩長大以后卻成了自暴自棄、無惡不作的人。從此以後日本人相信若娶了丙午年出生的女子爲妻，可能會使丈夫早死；而一直流傳下來造成丙午年無人結婚，最后丙午年成了人人害怕的孤鸞年。「孤鸞年」男女不準結婚，否則可能夫妻不合或家庭不穩。此文化習仍保留至今，此習俗暗示人們害怕他們會有不好的婚姻，所以他們必須遵守一些禁忌。
（上文改編自臺灣大百科全書及 Wikepedia 網頁文本）

習作三：換肚

台北文獻第一期記載關於換肚的資料：「艋舺婦女通常將豬肚裝入糯米，然後放入新茶壺。外戚將茶壺送到女兒家，放在女兒的床中央，拜一下床母，然後辭去。期間外戚不與女兒及其家人交談，始終不發一語離開其家。女兒吃完裝有糯米的豬肚後，將空茶壺放在床下保存。等到日後將近生產時，將茶壺作爲慶祝誕生的帽子鬚。」
女兒出嫁後一兩年內沒有生育或連續生女兒時，女方家人會選擇一個吉日，買一個豬肚燉熟後放在茶壺裡，由女方的母親或長輩婦女送到女婿家，抵達後不與任何人交談，直接到女兒的房間，將裝有豬肚的茶壺放在床上，然後一句話也不說的回家。女兒與女婿在房

間內，一起將豬肚吃完。換肚還有另一種作法是在孕婦產下女孩後十日，以豬肚給產婦食用，相信下一胎就可以生下男孩子。中國人相信「以形補形」，而豬隻多產，加上豬肚裝在茶壺裡，形狀相似於男性的生殖器官，具有男性的象徵，所以吃了豬肚可以多產。

（上文改編自臺灣大百科全書及 Wikepedia 網頁文本）

習作四：天仁茗茶

天仁創始於 1953 年的高雄縣岡山，當時名爲銘峰茶行。1961 年於台南創立第一家天仁茗茶門市，後於 1975 年時改制爲天仁茶業股份有限公司，爲國內目前唯一股票上市及通過 ISO22000、HACCP、ISO9001 國際品質認証之專業茶業公司。

以『老行業，新經營』的精神，天仁致力於產品創新、通路創新及組織創新，除了將商品以茶爲核心向各類型食品發展外，也開發「喫茶趣」（cha FOR TEA）複合式餐飲連鎖系統，以追求茶葉國際化、生活化、年輕化的目標。2003 年天仁授權美國可口可樂公司生產烏龍茶、綠茶飲料，創下國內傳統產業跨國性策略聯盟的典範。

秉持「天然、健康、人情味」的經營理念，天仁購物網結合實體通路的優勢，提高服務品質，以踏實經營爲原則，顧客滿意爲目標，逐步的實現「有足跡的地方，就有天仁茗茶」。

茶是天然、和平的飲料。創造更和諧、健康的社會與生活環境，將是天仁永遠追求的目標。（出自天仁茗茶公司網站）

習作指導

＜一＞分析：檢視漢語詞彙、句構、文法及語用形式與用法。

1、語彙分析
①一詞多意： _____
②成語/四字片語： _____
③文化相關用詞： _____
④古典用詞： _____

2、句構分析
①
_____
②
_____
③
_____
④
_____

3、文法分析
①
_____
②
_____
③
_____
④
_____

4、 語用分析
①

_____

②

_____

③

_____

④

_____

　　＜二＞改寫：依據分析結果將原文改寫成為控制性文本，並使用
　　　　　　　Google Translate 將它譯成英語。

1、 詞彙改寫
①四字片語，如：「」改成「」、_____
②古典用詞，如「」改成「」、_____
③其他。

2、 句構改寫
①將「」改成「」、_____
②將「」改成「」、_____
③其他。

3、 語用改寫
①將隱喻如：「」改成「」、_____
②刪除不合宜訊息如：「」、_____

③其他。

4、格式改寫

改寫成條例方式，且增加副標題，以提升網頁文本的易讀性。

5、改寫之控制性漢語文本

依據分析建議，將網頁自然文本改寫成控制性漢語如下：

_____

_____

6、轉譯成英語

將改寫的控制性漢語文本放入 Google Translate 轉譯成英語如下：

_____

_____

＜三＞重寫與編輯：針對機器英譯錯誤再重寫控制性漢語或作編輯。

閱讀英語機譯後，發現一些錯誤（劃線部份）如下：

①語詞錯誤：_____

②語用錯誤：_____

③文法錯誤：_____

④其他。

針對上述錯誤，重寫為：

①_____

②_____

③_____

④其他。

其英語機譯爲：

①_____

②_____

③_____

④其他。

附件七、習作之參考解答

習作一：參考解答

一、改寫之控制性漢語文本

重要的活動

上 Tomb Sweeping Day，人們會拜訪墓地。且人們榮耀他們的祖先。一般而言，人們將會清除雜草，上墓地。接著，小石塊被放置上黃色紙、白色紙或五色紙。這意味著舊東西是被更換。此外，一些簡單的供品被提供向他們的祖先。最後，紙錢被燃燒。

為一些特殊理由，人們必須拜訪墓地。若是墳墓是新的，人們必須拜訪墓地，為三年。若人們剛結婚或一小孩出生，他們也必須拜訪墓地。許多食物皆為象徵性供品。除了祖先，人們也會榮耀土地公，因為他看守該墓地。最後，人們會放鞭炮。有些人將會給粿向小孩，住在鄰近地區。假如粿是不夠，錢幣可以被使用。

文化的涵義

當今，土葬是漸漸被取代由火葬。許多人民祈禱向祖先的牌位，在靈骨塔。但是，最重要事情是去記住祖先的教導及美德。此外，人民必須實行孝道。

二、線上 **Google Translate** 之英譯

Important activities

On Tomb Sweeping Day, people will visit the cemetery. And the people honor their ancestors. Generally, people will remove the weeds, on the cemetery. Then, the small stones are placed on yellow paper, white paper or colored paper. This means that the old stuff is being replaced. In addition, some simple offerings are provided to their ancestors. Finally, the paper money is burned.

For special reasons, it is necessary to visit the cemetery. If the grave is new, one must visit the cemetery, for three years. If people are newly married or a child is born, they must visit the cemetery. Many foods are symbolic offerings. In addition to the ancestors, people will honor the Earth God, because He guards the cemetery. Finally, people set off firecrackers. Some people will give the cake to the children living in the vicinity. If the cake is not enough, coins can be used.

Cultural meanings

Today, the burial is gradually being replaced by a cremation. Many people pray to the ancestral tablets in the pagoda. However, the most important thing is to remember the teachings and virtues of their ancestors. In addition, people must practice filial piety.

三、討論事項

1、詞彙改寫

①文化用詞，如「挂紙」、「培墓」可刪除，只需在文章中說明其意義即可。「墓紙」改成「黃色紙、白色紙或五色紙」（較爲具體說明）。此外，「紅龜粿」、「草仔粿」改成「粿」即可（對於外國人而言，皆是 cakes）。

②俚語，如「添丁」改成「一小孩出生」、「有娶媳婦」改成「人們剛結婚」。

③「搭建新瓦」改成「舊東西是被更換」。

2、句構及文法改寫

所有 topic+comment 句子皆需改成 SVO、SVX、、XSVOX 或 SVOX 句構，且句子長度於 20 字上下，不可超過 30 字。例如：

①將「通常新墳要連續培墓三年」改成「若是(X)墳墓（S）是(V)新的(X)，人們(S)必須拜訪(V)墓地(O)，為三年(X)」。

②「掃墓完後放鞭炮」改成「最後（x），人們（S）會放（V）鞭炮(O)」。

③「愈來愈多人清明節是直接到靈骨塔的先人靈位去祭拜」改成「許多人民（S）祈禱（V）向 (X) 祖先的牌位（O），在靈骨塔（X）」。

④將一長句「在今日社會中，除了掃墓及祭拜以外，遵循祖先的教誨及發揚祖先的美德，才是孝道的更具體表現」改成二個短句:「但是（X），最重要事情（S）是去記住（V）祖先的教導及美德（O）」及「此外（X），人民（S）必須實行（V）孝道（O）」。

3、語用改寫

①一些食物的象徵，如「土豆（吃老老）、發粿（發財）、荣頭（好彩頭）」對於外國人士不具重大意義，建議改成精簡之描述：「一些象徵性食物及物品」。所以，我們可將長句「培墓所準備的祭品較豐盛，通常有豬頭（新墓用）、雞（起家）、魚、豬肉等牲醴和米糕...蛋（切成硬幣狀代表財富）等等」改成短句「許多食物皆為象徵性供品」。

②刪除過時、不合宜之訊息如：「舊時此俗用意是爲了請附近放牛的
牧童，不要牽牛到墳地踐踏」。

③「臺灣地狹人稠」是不需強調之事實，可刪除之。

④「整理墳墓四周環境」改成「清除雜草，上墓地」。

4、格式改寫

增加副標題，如：「重要的活動」及「文化的涵義」，以提升網頁文
本的易讀性。

習作二：參考解答

一、改寫之控制性漢語文本

歷史及社會文化的背景

鸞是一種鳥，獨自生活著。這種鳥不具有伴侶。所以，"Single-Phoenix
Year" 意指「寂寞的一年」。如果我們有二個 Lichuns 在某一年，這一
年被稱爲 "the Widow Year"。此習俗是一個日本的迷信。此習俗的由
來被描述如下：

（1）一日本女子生了一個女孩，在 1966 年。

（2）當該女孩長大，她變成了壞女人。

（3）此女子做了很多的惡事。

從此以後，日本人有了一個迷信。當一女子是出生於 the Widow
Year，她必須是單身。否則，她的丈夫將會很早死掉。

文化意涵

在 the Widow Year，人們不結婚。若一男與一女結婚，他們的關係將

會是很壞的。今日，我們仍然可看見此習俗。此習俗暗示即人們害怕不好的婚姻。所以，他們避免一些禁忌。

二、線上 Google Translate 之英譯

<u>Historical and socio-cultural background</u>

Phoenix is a bird, living alone. This bird does not have a companion. Therefore, the "Single-Phoenix Year" means "lonely year." If we have two Lichuns in a given year, this year is known as "the Widow Year". This custom is a Japanese superstition. The origin of this custom is described as follows:

（1） A Japanese woman gave birth to a girl in 1966.

（2） When the girl grew up, she became a bad woman.

（3） This woman has done a lot of evil.

Since then, the Japanese have a superstition. When a woman is born in the Widow year, she must be single. Otherwise, her husband will die early.

<u>Cultural meanings</u>

In the Widow Year, people do not get married. If a man and a woman marry, their relationship will be very bad. Today, we still can see this custom. This practice implies that people are afraid of a bad marriage. Therefore, they avoid some taboos.

三、討論事項

1、 詞彙改寫

①四字片語，如「形單影只」改成「獨自生活著」、「雙宿雙飛」改

成「不具有伴侶」。此外,「自暴自棄」及「無惡不作」改成「變成了壞女人」及「做了很多的惡事」即可。

②文化用詞,如「立春」直接以英語名稱取代 "Lichun",而「孤鸞年」直接以英語名稱 "the Widow Year" 取代。

2、句構及文法改寫

所有 topic+comment 句子皆需改成 SVO、SVX、XSV（X）、XSVOX 或 SVOX 句子,且句子長度於 20 字上下,不可超過 30 字。例如:

①將長句「因為閏月的關係,一年之中可能會出現兩個「立春」,這出現兩個立春的年就被稱為孤鸞年。」改成短句「如果我們（S）有(V)二個 Lichuns(O)在某一年（X）,這一年（S）被稱為（V）the Widow Year（O）」。此外,「這出現兩個立春的年」使用左側或前置修飾詞,不符合歐語文法,故需修正。

②將長句「從此以後日本人相信若娶了丙午年出生的女子為妻,可能會使丈夫早死;而一直流傳下來造成丙午年無人結婚,最后丙午年成了人人害怕的孤鸞年。」改成三短句:1)「從此以後（X）,日本人（S）有了（V）一個迷信（O）。」;2）當（X）一女子（S）是出生（V）於 the Widow Year（X）,她（S）必須是（V）單身（X）;3)「否則（X）,她的丈夫（S）將會（V）很早（Adv）死掉（V）。」

③其他。

3、語用改寫

①「丙午年」（不符合國際間通用的年度名稱）建議改成「1966 年」。

②漢語有些表述直譯成英語時,會扭曲原意,故需改寫原訊息,如:「有對夫妻在丙午年（西元 1966 年）生了一個女孩」需改成「一

日本<u>女子</u>生了一個女孩，在 1966 年」（註：<u>夫妻</u>不能生了（give birth to）一個女孩，只有<u>女人</u>才能生了一個女孩）。

③於該句「此習俗暗示人們害怕他們會有不好的婚姻，所以他們<u>必須遵守一些禁忌</u>」中，我們發現「遵守一些禁忌」直譯成英語時，會扭曲原意，故需改寫成「避開一些禁忌」。

4、格式改寫

①增加副標題，如：「歷史及社會文化背景」及「文化的涵義」，以提升網頁文本的易讀性。

②以條列方式說明習俗的由來，有助於讀者快速擷取資訊。如：

（1）一日本女子生了一個女孩，在 1966 年。

（2）當該女孩長大，她變成了壞女人。

（3）此女子做了很多的惡事。

習作三：參考解答

一、改寫之控制性漢語文本

歷史及社會文化的背景

Belly-exchanging 是一種民俗做法。這做法被記錄，在第一發行本 *Taipei Archives Journal*。一個吉祥的日子可以被選擇，以執行 belly-exchanging 儀式。原因是如下：

1.一女子不能生孩子。

2.一女子生下許多女孩，不是男孩。

民俗做法

Belly-exchanging 是被完成如下：

1. 一婦女的母親將填補一 tripe 用糯米。且她將放該 tripe 到一新茶壺內。

2.這茶壺會被送至該女子的家。該茶壺將被放置，上一睡床。

3.該女子和她的丈夫必須祭拜 the Chungmu。

4.該儀式之後，該女子和她的丈夫將會吃該 tripe。

5.他們將會放茶壺在床底下。這茶壺可以是一禮物，給一新生兒。

有時候，一女子可以吃 tripe，在十日內分娩後。人們相信這方法允許該女子去生一個兒子在將來。

<u>文化意涵</u>

中國人具有一迷信。人們吃動物器官，且他們的相應的器官將會變強。豬是多產的。若一女子吃掉 tripe，她的腹部將會變成強壯。像豬一樣，她可以生下許多孩子。

二、線上 Google Translate 之英譯

<u>Historical and socio-cultural background</u>

Belly-exchanging is a folk practice. This practice is recorded, in the first issue of the *Taipei Archives Journal*. An auspicious day can be selected to perform a belly-exchanging ceremony. The reason is as follows:

1. A woman can not have children.

2. A woman gave birth to many girls, not boys.

<u>Folk practices</u>

Belly-exchanging is completed as follows:

1. A woman's mother would fill a tripe with rice. And she will put the tripe into a new teapot.

2. This teapot will be sent to the woman's home. The teapot will be placed on a bed.

3. The woman and her husband must worship the Chungmu.

4. After this ceremony, the woman and her husband will eat the tripe.

5. They will put the teapot under the bed. This teapot can be a gift to a newborn.

Sometimes, a woman can eat tripe, within ten days after delivery. It is believed that this method allows the woman to give birth to a son in the future.

<u>Cultural meanings</u>

Chinese people have a superstition. People eat animal organs, and their corresponding organ will become strong. Pigs are prolific. If a woman eats tripe, her abdomen will become stronger. Like a pig, she can give birth to many children.

三、討論事項

1、詞彙改寫

①文化用詞，如「換肚」直接以英語 "Belly-exchanging" 取代，而「床母」直接以英語拼音取代 "the Chungmu"。「帽子鬚」改成「一禮物」（較為具體說明）。

②專有名詞，如「艋舺」（地名）可刪除。「台北文獻」直接以英語取代，*Taipei Archives Journal*（較為具體說明）。

③注意改寫一些用詞時，需使用雙音節字，如：「吃掉豬肚」、「生下許多孩子」、及「變成強壯」，而非「吃豬肚」、「生許多孩子」及「變強壯」。此外，「吉日」改成「吉祥的日子」

④值得注意是「豬肚」直接以英語取代 "tripe"，原因是其機器英譯 "pork bellies" 很怪異。

2、句構及文法改寫

所有 topic+comment 句子皆需改成 SVO、SVX、XSV（X）、XSVOX 或 SVOX 句子，且句子長度於 20 字上下，不可超過 30 字。例如：

①將「女兒出嫁後一兩年內沒有生育或連續生女兒」改成改成二個短句：1)「一女子（S）不能生（V）孩子（O）」及 2)「一女子（S）生下（V）許多女孩（O），不是男孩（X）」。

②將一長句「換肚還有另一種作法是在孕婦產下女孩後十日，以豬肚給產婦食用，相信下一胎就可以生下男孩子」改成二個短句：1)「有時候（X），一女子（S）可以吃（V）tripe（O），在十日內分娩後（X）」及 2)「人們（S）相信（V）這方法（S）允許（V）該女子（O）去（X）生（V）一個兒子（O）在將來（X）」。

③其他。

3、語用改寫

①「以形補形」需在文章中說明其意義，故建議改成：「人們吃動物器官，且他們的相應的器官將會變強」。

②刪除重覆訊息如：「由女方的母親或長輩婦女送到女婿家，抵達後不與任何人交談，直接到女兒的房間」。

③刪除無意義之訊息如：「期間外戚不與女兒及其家人交談，始終不發一語離開其家」。

④刪除無意義之訊息如「茶壺裡，形狀相似於男性的生殖器官」，並將重心轉移至「像豬一樣，婦人可以生下許多孩子」。

4、格式改寫

①增加副標題，如：「歷史及社會文化的背景」、「民俗做法」及「文化的涵義」，以提升網頁文本的易讀性。

②以條列方式說明 Belly-exchanging（換肚）的步驟，有助於讀者快速擷取資訊。

習作四：參考解答

一、改寫之控制性漢語文本

簡史

我們的公司當時是建立於 Gangshan，高雄縣，在 1953。我們的第一間分行是被成立於台南，在 1961。在 1975 年，我們被命名為「天仁茶業股份有限公司」。今日，我們是 1 上市公司在台灣。我們銷售茶葉。且我們通過了 ISO22000、HACCP、ISO9001 國際品質認証。

經營理念

我們的經營理念是去追求自然、健康與人情味的生活。我們的原則是誠實的操作。且我們的主要關注是顧客的滿意度。我們想要去創造 1 個和諧的社會，與 1 個健康的生活環境。我們最終的目標是擴展我們的分店。如此，我們能夠服務客戶，在世界各地。

輝煌的成就

我們的信仰是：「舊行業，新經營」。我們是致力於產品的創新、行銷的創新，與組織的創新。我們完成了一些事情，如下：

1）我們發展了 1 個 food & drink 連鎖系統，名為 Cha For Tea。我們已變成更國際化、更年輕，及更使用者友善。

2）在 2003，我們授權了美國 Coke-Cola 公司，去生產烏龍茶與綠茶。

此外，網路被使用來提高我們的服務品質。

二、線上 Google Translate 之英譯

<u>A brief history</u>

Our company was established in Gangshan, Kaohsiung County, in 1953. Our first branch was established in Tainan, in 1961. In 1975, we were named "Ten Ren Tea Co., Ltd." . Today, we are a listed company in Taiwan. We sell tea. And we passed the ISO22000, HACCP, ISO9001 international quality certification.

<u>Business philosophy</u>

Our philosophy is to pursue a natural, healthy and humane life. Our principle is honest operation. And our main concern is customer satisfaction. We want to create a harmonious society and a healthy living environment. Our ultimate goal is to expand our branches. So, we are able to serve our customers around the world.

<u>Brilliant achievement</u>

Our faith is: "Old industry, new business." We are committed to product innovation, marketing innovation, and organizational innovation. We have completed a number of things, as follows:

1）We have developed a food & drink chain system called Cha For Tea. We have become more international, more youthful and more user-friendly.

2）In 2003, we authorized the U.S. Coke-Cola Company, to produce oolong and green tea. In addition, the network is used to improve the quality of our services.

三、討論事項

1、詞彙改寫

①文化用詞，如「喫茶趣」直接以英語 "Cha For Tea" 取代。

②專有名詞，如「可口可樂公司」，直接改寫成英文"Coke-Cola Company"。

③專有名詞，如「岡山」，直接改寫成英文 "Gangshan"。

④保留原文的英文專有名詞，如 "ISO22000, HACCP, ISO9001"。

⑤「生活化」改寫成「更使用者友善」。

⑥「複合式餐飲連鎖系統」改寫成「food & drink 連鎖系統」。

2、句構及文法改寫

所有 topic+comment 句子皆需改成 SVO、SVX、XSV（X）、XSVOX 或 SVOX 句子，且句子長度於 20 字上下，不可超過 30 字。例如：

①該句「1961 年於台南創立第一家天仁茗茶門市」，只有表示時間及地點的介詞片語，並無主詞，故需改成「我們的第一間分行（S）是被成立（V）於台南（X），在 1961（X）」。

②該句「後於 1975 年時改制爲天仁茶業股份有限公司」中，沒有主詞，不符合 SVO 句型，所以必須改成「在 1975 年（X），我們（S）被命名爲（V）「天仁茶業股份有限公司」（O）」。

③將一長句「秉持天然、健康、人情味的經營理念，天仁購物網結合實體通路的優勢....」改成六個短句：1)「我們的經營理念是去追求自然、健康與人情味的生活。」；2)「我們的原則是誠實的

操作。」；3)「我們的主要關注是顧客的滿意度。」；4)「我們想要去創造 1 個和諧的社會，與 1 個健康的生活環境。」；5)「我們最終的目標是擴展我們的分店。」；6)「如此，我們能夠服務客戶，在世界各地。」

④將第一段長句「天仁創始於 1953 年的高雄縣岡山，當時名為銘峰茶行。1961 年於台南創立第一家天仁茗茶門市....」改成六個短句：1)「我們的公司當時是建立於 Gangshan，高雄縣，在 1953。」；2)「我們的第一間分行是被成立於台南，在 1961。」；3)「在 1975 年，我們被命名為「天仁茶業股份有限公司」。」；4)「今日，我們是 1 上市公司在台灣。」；5)「我們銷售茶葉。」及 6)「且我們通過了 ISO22000、HACCP、ISO9001 國際品質認証。」

⑤其他。

3、語用改寫

①刪除無意義之訊息如：「創下國內傳統產業跨國性策略聯盟的典範」。因為文中已提及天仁公司授權外國公司生產本地的飲茶，此乃是跨國性聯盟的例子，所以不須重複說明。

②刪除累贅之訊息如：「除了將商品以茶為核心向各類型食品發展外」。

③刪除累贅之訊息如「顧客滿意為目標」，因為已提及本公司使用網路來提高服務品質，自然就是以顧客滿意度為目標，所以不需要再重述。

4、格式改寫

①增加副標題，如：「簡史」、「經營理念」及「輝煌的成就」，以提升網頁文本的易讀性。

②在第三部份「輝煌的成就」，以條列方式說明天仁公司所完成的事情，有助於讀者快速擷取資訊。

參考書目

一、英文

American Ailines (n.d.)About us. Retrieved from
   http://www.aa.com/i18n/aboutUs/main.jsp?anchorEvent=false&fro
   m=footer

Benjamin, W. (1999). The destructive character. In M. W. Jennings, H. Eiland
   & G. Smith (Eds.) and E. Jephcott (Trans.), *Selected writing* (2) (pp.
   541-542). Cambridge, MA: Harvard University Press.

Cardey, S., Greenfield, P. & Wu, X. (2004). Designing a controlled language
   for the machine translation of medical protocols: The case of English to
   Chinese. *Lecture Notes in Computer Science*, Vo. 3265, 37-47.

Chomsky, N. (1969). *Deep structure, surface structure, and semantic
   interpretation.* Bloomington: Indiana University Linguistics Club.

Dagut, M. B. (1978). *Hebrew-English translation: A Linguistic Analysis of Some
   Semantic Problems.* Haifa: University of Haifa.

Education Com., Inc. (2006-20110). Folk culture. Retrieved from
   http://www.education.com/definition/folk-culture/

Gregory, M. & Carroll, S. (1978). *Language and situation: Language varieties
   and their social contexts.* London: Routledge and Kegan Paul.

Gutt, E. A. (1998). Pragmatic aspects of translation: Some relevance-theory
   observations. In L. Hickey (Ed.). *The pragmatics of translation* (pp.

41-53). Clevedon, UK: Multilingual Matters.

Gutt, E. A. (1990a). *Translation and relevance: Cognition and context* (2nd ed.). Manchester, UK: St. Jerome Publishing.

Gutt, E. A. (1990b). Issues of translation research in the inferential paradigm of communication. In M. Olohan (Ed.). *Intercultural faultlines* (pp. 161-180). Manchester, UK: St. Jerome Publishing.

Gutt, E. A. (2004). *Applications of relevance theory to translation—a concise overview.* Retrieved from
http://homepage.ntlworld.com/ernst-august.gutt/2004%20Applications%20of%20RT%20to%20translation.doc

Halliday, M. A. K. (1978). *Language as social semiotic: The social interpretation of language and meaning.* London: Edward Arnold.

Halliday, M. A. K. (1989). Some grammatical problems in scientific English. *Australian Review of Applied Linguistics Series, 6,* 13-37.

Kanellos, M. (2005). Overlooked IT significant skills (II) Retrieved from
http:// www.zdnet.com.tw/news/pix/
0,2000085677,20097784,00.htm

Kruss, M. (1992). The world's languages in crisis. *Language* 68 (1), 1-42.

Education Com., Inc. (2006-2011). Folk culture. Retrieved from
http://www.education.com/definition/folk-culture/

Martin, J. R. (1992). *English text, system and structure.* Amsterdam and Philadelphia: John Benjamins Publishing Company.

Mason, I. & Hatim, B. (1990). *Discourse and the translator.* London & New York: Longman.

Newmark, P. (1995). *Approaches to translation.* United Kingdom: Prentice Hall International Ltd.

Nida, E. A. (1964). *Toward a science of translating: With special reference to principles and procedures involved in Bible translating.* Leiden: E. J. Brill.

Nielsen, J. (2006). F-shape pattern for reading web content. Retrieved from http://www.useit.com/alertbox/print-vs-online-content.html

Nielsen, J. (2008). Writing style for print vs. web. Retrieved from http://www.useit.com/alertbox/print-vs-online-content.html

O'Brien, S. (2003). Controlling controlled English. In *Controlled language translation, EAMT-CLAW-03* (pp.105-114). U.K.: Dublin City University.

O'Brien, S & Roturier, J. (2007). How portable are controlled language rules? A comparison of two empirical MT studies. In B. Maegaard(Ed.). *Proceedings of machine translation summit* XI (pp.345-352). Copenhagen: Centre for Language Technology.

Pym, A. (1992). Translation error analysis and the interface with language teaching. In C. Dollerup & A. Loddegaard (Eds.). The teaching of *translation* (pp. 279-88). Amsterdam: John Benjamins.

Redshaw, K. (2003).Web Writing vs. print writing. Retrieved from http://www.kerryr.net/webwring/guide_most-important.htm

Roturier, J. (2004). Assessing a set of controlled language rules: Can they improve the performance of commercial Machine Translation systems?" In *Proceedings of the international conference translating and the computer 26* (pp. 18-19). London: Aslib.

Said, E. (1978). *Orientalism.* New York: Pantheon Books.

Singh, L. (2011). Folk culture vs. pop culture. Retrieved from http://www.oppapers.com/essays/Folk-Culture-Vs-Pop-Culture/5458 51

Shih, C-L. (2006). *Helpful assistance to translators: MT & TM.* Taipei, Taiwan: Bookman Books Ltd.

Sperber, D. & Wilson, D. ([1986]1995). *Relevance: Communication and cognition.* Oxford: Blackwell.

Skutnabb-Kangas, T. & Phillipson, R. (1985). *Educational strategies in multilingual contexts.* Roskilde: Roskilde University Centre.

Torrejon, E., & Rico, C. (2002). Controlled translation: A new teaching scenario tailor-made for the translation industry. *The proceedings of the 6th EAMT workshop—Teaching machine translation* (pp. 107-116). Manchester, England: Centre for Computational Linguistics, UMIST.

Tu, Y.-C. (2011). *Adding notes as the compensatory strategy: A case study of Chinese-English translations of cultural web texts.* Unpublished thesis. Kaohsiung: Graduate Institute of Interpreting and Translation, National Kaoshiung First University of Science and Technology.

Venuti, L. (1995). *The translator's invisibility.* London and New York: Routledge.

Wang, B. (2009). Translation publicity texts in the light of the skopos theory: Problems and suggestions. *Translation Journal, 13(1).* Retrieved from http://www.bokorlang.com/journal/47skopos.htm

Wilson, D. (2000). Metarepresentation in linguistic communication. In Sperber, D. (Ed.). *Metarepresentations: A multidisciplinary perspective* (pp. 411-448). Oxford: Oxford University Press.

二、中文

王一寧（2012）。**目的論視角下外宣資料中中華民俗文化詞彙的英譯研究**（未出版碩士論文）。山西大學。

王士元（2006）。語言演化的探索。**門內日與月：鄭錦全先生七秩壽慶論文集**（頁 9-32）。Place: publisher

王媛（2007）。論白話報刊的興起對白話文運動的影響。**內蒙古社會科學（漢文版）**，28（6），102-104。

史宗玲（2011）。**機器翻譯即時通，台灣籤詩嘛ㄟ通**。臺北：書林。

史宗玲（2010）.文化專有菜單項目之翻譯：從「最佳關聯」至「後設表述」。**編譯論叢**，*3*（1），117-145.

朱彥柔（2009）。坐月子。取自

　　http://taiwanpedia.culture.tw/web/content?ID=100144

李文獻（2009）。歸寧。取自

　　http://taiwanpedia.culture.tw/web/content?ID=2011

李宇、呂洁（2009）。民俗事象翻譯的文化改寫與順應。**民族翻譯**（3），85-91。

長榮航空（2012 年 8 月 7）。關於長榮航空。取自

　　http://www.evaair.com/zh-tw/about-us/

季美林編（2003）。**胡適全集**。合肥：老徽教育出版社

林慶隆、陳昀萱、林信成（2012）。臺灣翻譯發展策略之探討。**2012 台灣翻譯研討會光碟論文集**（頁 1-20）。台北市：國家教育研究院編譯發展中心。

耿云志編（1998）。**胡適論爭集上卷**。北京：中國社會科學出版社

陳伯軒（2011）。表述遞變──胡適白話文運動的論述糾結與根本依據〉。文化哲（19），351-390。

陳耀南（1983）。話香港話。明報月刊（12），35。

黃秀玉（2012）。旅遊文本華夏文化詞之翻譯：以節慶、民俗活動、及食物為例（未出版碩士論文）。國立彰化師範大學，彰化市。

馮逢（2003）。百姓民俗禮儀大全。北京：中國盲文出版社。

蔡慧瑩（2009）。做十六歲。取自

　　http://taiwanpedia.culture.tw/web/content?ID=1998

蔣紅紅（2004）。中國民俗文化詞語漢英翻譯初探。漳州師範學院學報（1），96-99.

謝美鈴（2009）。鬧洞房。取自

　　http://taiwanpedia.culture.tw/web/content?ID=11499

賴慈芸、賴守正、李奭學、蘇正隆（2006）。建立我國學術著作翻譯機制之研究。臺北：國立編譯館。

羅秀美（2004）。近代白話書寫現象研究（未出版博士論文）。中央大學中國文學研究所，中壢市。

三、參考網站

阿瘦皮鞋網站 http://www.aso.com.tw/

臺灣中油股份有限公司

　　http://www.cpc.com.tw/big5/home/index.asp

圓山飯店 http://www.grand-hotel.org/main/Default.aspx

華碩電腦－ASUS 的由來

　　http://www.asus.com/tw/About_ASUS/Origin_of_the_Name_ASUS

Maya 翻譯社 http://www.maya.idv.tw/

籤詩網—澎湖天后宮籤詩　http://www.chance.org.tw

史宗玲教學網站—國科會計畫 http://www2.nkfust.edu.tw/~clshih/

台灣大百科全書 http://taiwanpedia.culture.tw/web/classification

台灣節慶 http://www.gio.gov.tw/info/festival_c/index_c.htm

台灣民俗 http://web.pu.edu.tw/~folktw/folklore.html

跨文化藝術交流協會（Inter-Culture & Arts Association）

　　http://www.iov.org.tw/taiwan.asp

宜蘭縣大二結文教促進會：二結社造的軌跡 http://darj.org.tw/

　　http://darj.org.tw/modules/tinyd6/index.php?id=12

宜蘭縣五結鄉學進國小：家鄉地圖

　　http://www.shjes.ilc.edu.tw/country/index.html

　　http://www.shjes.ilc.edu.tw/country/temple.html（二結王公廟）

文建會文化資產總管理籌備處 http://www.hach.gov.tw/

　　http://www.hach.gov.tw/hach/frontsite/cultureassets/caseBasicInfoAct

　　ion.do?method=doViewCaseBasicInfo&caseId=GF10002000004&versi

　　on=1&assetsClassifyId=5.1&menuId=308（二結王公過火）

台灣傳香 http://water.tacocity.com.tw/（台灣民俗香陣百科）

高科大叢書（01）

網頁書寫新文體
——跨界交流「快譯通」
Alternative Web Textual Writing :
Effective Communication Across Borders

建議售價·300元

國 家 圖 書 館 出 版 品 預 行 編 目 資 料

網頁書寫新文體——跨界交流「快譯通」
Alternative Web Textual Writing :Effective
Communication Across Borders／史宗玲
（Chung-ling Shih）著． —初版．—臺中
市：白象文化，2013.11
　　面：　公分．——（高科大叢書；01）
ISBN 978-986-5780-30-2（平裝）
1.自動翻譯
801.47　　　　　　　　　　　102022210

作　　者：史宗玲（Chung-ling Shih）
校　　對：史宗玲（Chung-ling Shih）
專案主編：水邊、徐錦淳、黃麗穎
編 輯 部：徐錦淳、黃麗穎、林榮威、吳適意、林孟侃、陳逸儒
設 計 部：張禮南、何佳誼、賴澧淳
經 銷 部：焦正偉、莊博亞、劉承薇
業 務 部：張輝潭、黃姿虹、莊淑靜
營運中心：李莉吟、曾千熏
發 行 人：張輝潭
出版發行：白象文化事業有限公司
　　　　　402台中市南區美村路二段392號
　　　　　出版、購書專線：（04）2265-2939
　　　　　傳真：（04）2265-1171
印　　刷：基盛印刷工場
版　　次：2013年（民102）十一月初版一刷

設計編印

白象文化｜印書小舖
網　　址：www.ElephantWhite.com.tw
電　　郵：press.store@msa·hinet·net